COLLECTION FOLIO

Camille Laurens

# Fille

Gallimard

Agrégée de lettres modernes, Camille Laurens a enseigné en Normandie puis au Maroc où elle a passé douze ans. Elle vit maintenant à Paris. Elle a obtenu le prix Femina et le prix Renaudot des lycéens pour *Dans ces bras-là* (2000). Elle est traduite dans une trentaine de langues.

*À ma merveilleuse fille*

# I

# 1

« C'est une fille. »

Ça commence avec un mot, comme la lumière ou comme le noir. Ta naissance ressemble à la création du monde, et il y a le ciel et il y a la terre, une parole coupe en deux l'espace, fend la foule, sépare le temps. Ce n'est pas Dieu qui la prononce, toutefois, autant que tu le saches tout de suite, c'est Catherine Bernard, sage-femme à la clinique Sainte-Agathe où l'horloge murale indique cinq heures et quart. Cette annonce, elle ne l'a pas préparée, elle n'a rien désiré ni décidé, ayant d'autant moins d'opinion sur la question qu'elle est bonne sœur, mais le résultat est le même : elle le dit, elle te nomme en te mettant au monde, sous sa coiffe immaculée l'épouse vierge de Dieu prononce son arrêt, elle te fait naître en te nommant. Tu nais d'un mot comme d'une rose, tu éclos sous la langue. Tu n'es rien encore, à peine un sujet, tu peines à venir à l'existence ; tu ne peux pas encore dire « je suis », personne ne dit « elle est », même au passé, « et la fille fut », même avec un article indéfini, « et une fille fut », ça ne se dit pas. Tu n'es pas indéfinie, du reste, oh non, tu n'es pas née indéfinie, il y a déjà un e, tu vois, un e muet, c'est vrai, mais un e muet loquace. Tu es un article bien défini, au contraire. Les faits parlent pour toi. Née fille. C'est ainsi, c'est dit, ça résonne dans l'air – pièce blanche, bouteille d'eau, lit étroit, crucifix. Ta naissance est une énigme banale. Tu nais presque rien, à la va-comme-je-te-pousse. Un schisme se joue, mais où ? Il y a un soir et il y a un matin. L'un succède à l'autre, l'un se change en l'autre. Toi non. Tu n'es pas modifiable. C'est ainsi. Il n'est plus temps que les fées se penchent sur ton berceau. La messe est dite. Tu entres tête baissée dans le décor et ta vie délivrée se déplie à l'air libre, enfin, libre, façon de parler puisque jour ou nuit, soir ou matin, ce ne sera plus jamais autre chose que ce que c'est. Tu cries, tu t'égosilles, la vérité est froide qui emplit tes poumons, la rime est féminine, ça crie et crée en toi le sentiment râpeux de la séparation, tu sens que ça se divise, c'est tout, ça fait deux, ça coupe, c'est coupé. Ta naissance te sépare à la fois de ta mère, qui est une fille aussi, ça se sait, et de toute l'humanité qui ne porte pas le nom de fille. Le mot adverse n'est pas prononcé, et pour cause, mais il flotte silencieux dans l'éther de la chambre, le mot contraire met dans l'air un effet de pochoir, *un* embryon, *un* fœtus, *un* bébé, jusque-là le genre était de son côté. Il y a quelques secondes, elle ou il, tout restait possible, la grammaire rêvassait toujours son paysage, à présent on t'a coupé les ailes (quoi d'autre ?), tu es plus seule que Robinson et pourtant c'est fait, le sort en est jeté avec le placenta, Dieu, né garçon, dit-on, père d'un fils, croit-on, Dieu est un enfant qui joue aux dés : c'est une fille.

« C'est une fille. »

La voix qui formule ton incipit n'est modulée d'aucune inflexion particulière sinon celle qu'induit le travail bien fait. Catherine Bernard picole un peu en dehors des heures de service, mais jusqu'à présent ses résultats n'en ont pas été affectés. Des femmes, elle en a aidé à devenir mères, ça oui, elle en a fait sortir, des fruits, de leurs entrailles. Même en creusant un peu, on ne lui trouverait pas de préférences – une ambivalence, tout au plus : le garçon nouveau-né lui évoque toujours le petit Jésus de la crèche, le sacré de son métier et de la Nativité. Mais les filles lui sont moins étrangères, elle leur fait la toilette plus facilement. Quand elle y pense, elle passe une grande partie de son temps à tripoter des parties génitales. Celles des garçons sont énormes par rapport au reste du corps, elles sont toutes gonflées d'hormones, on ne voit qu'elles. Celles des filles, discrètes, la rendent moins honteuse, même si c'est idiot. Seigneur, pardonnez-moi mes pensées.

« C'est une fille. »

De l'autre côté de la phrase de sœur Catherine

se trouvent tes parents, les destinataires, les responsables, aussi, les faiseurs de filles, les fauteurs de troubles – lui, elle, à l'instant t, qui n'a pas su donner quoi ? Mais en ce moment précis ce n'est pas la question qui prévaut, même si plus tard on pourra se renvoyer la balle pour sceller son dépit, dépiauter le chou blanc. Ils reçoivent la nouvelle. L'attendant, t'attendant, ils ne savaient rien. Ils ne t'ont pas vue percer l'opacité du ventre maternel et remuer de tes mains l'air liquide sur quelque écran lumineux scruté par une blouse blanche dont ils auraient guetté le guet, suspendus à la phrase décisive toujours nimbée de doute (la conscience professionnelle), émus par leur interprétation intime (pour qu'il bouge autant, ce doit être un...) – suspendus à la profération de l'oracle, à sa vérité probable, non pas « C'est une fille » mais son équivalent prudent, son synonyme approximatif : « Je ne vois rien. » On ne les a pas informés de ton manque de formes à l'endroit où ça se forme. « Je ne vois rien », comprenez : « C'est une fille »... Il n'y a rien à voir, circulez, c'est une fille. Tes parents n'attendent ni n'entendent de semblables annonces car les machines *ad hoc* n'existent pas encore. Nous sommes en 1959. L'écho des bijoux de famille ou rien qui se pixellise à vue d'œil, on vient à peine d'en concevoir l'idée ; la technique n'écrit pas encore l'onde gélifiée des désirs et dépits, aucune image ne vient saisir les nageurs amniotiques, alors tu peux bien faire des pieds et des mains, remuer ciel et terre à coups de talons, le suspense reste entier jusqu'à la fin, et vains tes coucous d'orteils malgré les prédictions de la grossesse : pas de nausées, c'est un garçon, envie de vomir, c'est une fille ; libido au plus haut, c'est un garçon, désir en berne, c'est une fille. Envie de sel, envie de sucre ? Les filles sont des gourmandes, c'est connu. Ballon rond, beau garçon, ballon de rugby, pas de zizi (« Pff », fait ton grand-père qui a feinté les All Blacks en 1925 dans un stade archicomble). Il y a même des hypothèses plus secrètes, qu'on se répète à l'oreille de parturiente en parturiente, entre deux respirations du petit chien : si on a joui pendant la conception, ce sera un garçon, si on n'a rien senti, va pour une fille. Ta mère est inquiète.

C'est une nouvelle aussi parce que tu n'es pas la première. Ce n'est pas seulement une fille, c'est une nouvelle fille qu'on leur annonce. Une seconde fille – on préfère ne pas dire « une deuxième » car on n'envisage pas une suite (on a tort). Tu n'es pas seulement une fille, tu es encore une fille. Tu suis une fille. Ta sœur (tu vas bientôt le comprendre), ta sœur est née avant toi – c'est toi qui, en naissant, lui donnes ce nom de sœur, c'est toi qui vous baptises toutes deux de cet autre nom que fille, de ce nom commun de sœurs (elle n'en veut pas, ni toi ni personne). Ta sœur aînée à la grâce de Dieu, on l'a laissée venir sans trop barguigner. On l'a nommée Claude, quand même, pour dire à Dieu (on n'y croit pas) que bon, on attendait, on imaginait, on avait espéré… Toi, la deuxième, tu déroutes. « C'est encore une fille » : tu es une nouvelle décevante. On ne t'attendait pas. Ta sœur n'inaugurait pas le choix du roi, mais toi tu n'es même pas le choix de la reine. Tu n'es pas une princesse.

Ton père a fait le déplacement, pourtant. Impatient, il assiste à ta naissance. Ça ne se pratique guère encore, dix ans avant Mai 68 ; les pères sont tenus à distance du sexe dilaté des femmes, de la douleur qui se réveille en elles dans un parfum de merde et de sang, de leurs gémissements de bête qui crève en se vidant. Ils ne s'en remettraient pas, dit-on, voir les rendrait impuissants. On protège les hommes de la faillite et les couples du dégoût d'eux-mêmes. Mais pour ton père, on a fait une exception, on l'a jugé assez solide pour rester dans la salle de travail, après tout il est de la partie, enfin presque : il est dentiste. Habitué aux béances, donc, pas ému médusé par les muqueuses sanguinolentes. Coutumier des gencives, ne risque pas de se croire menacé par un vagin denté. De tomber pouf évanoui, châtré à vie par la terrifiante vision. Tous les jours, il… Mais non, attends… Ce n'est pas ton père qui est dentiste, n'importe quoi, c'est le Dr Galiot qu'il a croisé dans le couloir et dans un nuage de fumée près de la loge des sages-femmes, tout à l'heure ; ce sera ton dentiste quand tu auras des dents, et le fils qu'il s'apprête à prendre dans ses bras sans même éteindre sa clope sera avec toi en quatrième et troisième – Jérôme Galiot, petit con né le même jour que toi, faux jumeau qui ne fera pas mentir à tes yeux l'expression « sexe opposé » avec ses blagues à deux balles, mais pour l'instant trophée de ses parents à la clinique Sainte-Agathe de Rouen, en avance sur toi d'un quart d'heure et d'une courte longueur. Non, toi, ton père est généraliste rue Jeanne-d'Arc, et il a déjà prévu ton prénom : Jean-Matthieu. Jean comme son père et Matthieu comme lui, honneur aux hommes de la famille et aux deux plus beaux Évangiles, foi de parpaillot. On l'a prévenu à son cabinet que c'était pour bientôt, il est accouru toutes affaires cessantes puis reparti, puis revenu à cinq heures du matin, l'air de la nuit embaume le chromosome XY, cette fois c'est bon, c'est un garçon, il le sent, il veut être là. Il a salué en passant le Dr Galiot, « félicitations », et s'est engouffré dans la salle de travail au moment où tu sortais du gouffre. Sœur Catherine apprécie moyennement l'intrusion, elle donne un mouvement de drapé à son tablier comme si on la surprenait nue, il a à peine le temps d'apercevoir ton crâne qu'elle l'expédie du côté de ta mère ignare et ensuquée : pas de jaloux, et c'est plus correct. À en croire les mèches rares collées sur le sommet de ta tête, tu es de sexe masculin, c'est sûr, même on peut dire sans se tromper que tu as dans les cinquante ans, une alopécie galopante et plus longtemps avant d'être chauve : ton père blague mais personne ne rit, ta mère souffre comme une perdue, le fruit de ses entrailles la fouraille, elle avait oublié ce mal de chien, elle ne t'en dira jamais mot parce que la souffrance physique s'efface de la mémoire du corps plus sûrement que le plaisir, la nature est bien faite, et cette douleur suprême des nées-filles, tu l'apprendras toujours assez tôt. Debout près du lit, ton père tient distraitement le masque au-dessus du nez de ta mère en manque d'oxygène et de tendresse, le cou tendu vers sœur Catherine qui s'englobe dans l'effort de vie, « allez, on pousse, allez, on respire », hon, hon, on y retourne, on continue, on passe les épaules, de combien d'enfants a-t-elle accouché en mots ? La délivrance est proche, ton père, lui, est en apnée du pas-né, d'un coup il n'y croit plus, kiki serré, sifflet coupé au bord du vide. « Qu'est-ce que c'est ? » demande ta mère entre deux bouffées d'air, on n'en sait rien, on pousse une dernière fois, ça ne sent pas la rose et pourtant voilà, ton père se défait, y a-t-il jamais cru ? Qu'est-ce que c'est ? C'est raté.

On te pose sur le ventre de ta mère, coucou, fait ton père au vu de la vulve indéniable. Tu vagis. Machinal, il se fend d'un sourire puis recule. Tu ne couines pas, tu brailles, tu t'époumones, quel coffre, pour le coup, à l'oreille on ne ferait pas la différence. Une voix de stentor, trois kilos neuf, cinquante-deux centimètres : on n'est pas passé loin. Ton père se retire. Tout lui semble épuisant, soudain, il est vidé, il rentre se coucher – le cordon, la tétée, le bain, très peu pour lui, dans quatre heures il faudra reprendre les consultations. Appeler la famille ardéchoise en modulant sa voix qui s'éraille : « C'est une fille… Oui oui, c'est bien aussi. » Une fille. Voilà, c'est dit, c'est fait. Le champagne va rester dans la 403. Un garçon, il aurait assisté au premier bain pour le plaisir de voir flotter le sexe avantageux. Tandis qu'une fille… Rien à voir. Ce n'est pas qu'il soit malheureux, non. Un petit quelque chose manque à son bonheur, voilà tout. Il rase les murs pour éviter de recroiser le Dr Galiot mais tombe sur lui à l'entrée du parking. « Alors ? — C'est une fille. — Ah ! C'est bien aussi. »

« C'est une fille. »

À bien y réfléchir, peut-être n'est-ce pas vraiment la première phrase que tu entends – car tu l'entends, ceci n'est pas discutable : on ne sait pas au juste ce que voient les bébés à la naissance, s'ils sont plus ou moins aveugles ou myopes, au tout début, mais nul n'a jamais supposé qu'ils étaient sourds. On dit même qu'ils entendent des sons *in utero*, plusieurs mois avant de venir au monde, qu'ils distinguent, déformée par les borborygmes et la rumeur du liquide amniotique, la voix de leur mère ou sa vibration, les toc toc du père sur le ventre, quand il y en a, ou la musique jouée assez fort. En ce qui te concerne, ton père n'a certainement pas cherché à engager la conversation avec toi avant ta naissance, ce n'est pas son style de discuter avec des inconnu.e.s. Il y a peu de chances aussi que tu aies entendu des cantates de Bach ou des sonates de Mozart car il écoute ses disques tard le soir, à une heure où une femme enceinte se doit d'être déjà couchée. À l'inverse, lorsque ton père n'est pas là, le matin, l'après-midi, ta mère passe en boucle le succès de l'année écoulée, *Only You*, roucoulé par les Platters, *You're my dream come true, my one and only you*, car elle a acheté le 45 tours le jour même de sa sortie. Ou bien Doris Day, *Qué será, será, whatever will be, will be*… Peut-être as-tu donc, avant la phrase inaugurale, au sein d'une gestation polyglotte, perçu quelques bribes d'anglais en mode fond de piscine, que tu traduiras plus tard quand ce sera ton métier, *tu es mon rêve devenu réalité*, voire trois mots d'espagnol étouffés comme par des boules Quies, *il arrivera ce qui doit arriver* (*on ne décide pas de l'avenir*), ces derniers plus appropriés que les premiers à l'heureux événement car en définitive ce qui arrive n'est pas ce qu'on avait rêvé, puisque ce qui arrive, dans la réalité, c'est seulement toi, c'est-à-dire ce n'est que toi. À six mois de ton développement te voilà donc tout ouïe, prête à entendre, d'abord les refrains de ton existence future puis, à l'orée du monde extérieur, à la fois le ploc du caillou lancé en biseau à la surface relativement lisse du silence (« C'est une fille ») et les ricochets se propageant de voix en voix (« C'est bien aussi », « Ce sera pour la prochaine fois », « Les filles sont plus faciles », « Reste plus qu'à transformer l'essai »).

On t'emmaillote dans une barboteuse blanche offerte par ta grand-mère qui n'a pas voulu défier le destin. Tu connais l'histoire des deux bébés à la maternité ? « C'est deux bébés qui viennent de naître, ils sont couchés l'un à côté de l'autre dans la garderie. Le premier dit à l'autre : "T'es quoi, toi ? Un garçon ou une fille ? — Je sais pas, répond l'autre. — Attends", dit le premier en se penchant vers son berceau. Il soulève la couverture, regarde dessous et lui dit : "T'es un garçon. — Comment tu le sais ? demande l'autre. — Ben, t'as des chaussons bleus." » Chez toi, on a été prudentes, on s'est retenues de tricoter du ciel, dispensées de peindre les murs en pervenche, abstenues de coller une frise outremer dans la chambre prête. Patience dans l'azur. On ne vend pas la peau de l'oursonne avant de bercer l'ourson. Mais on n'a pas donné non plus dans le bonbon, le saumon ou la cuisse de nymphe, on a même écarté le coquille d'œuf au profit d'un blanc pur, neige (vierge) sur laquelle le sort et les chromosomes jetteront du rouge (sang) ou du bleu (roi) : c'est la nature et non le rêve qui écrit le conte. Les cadeaux de naissance rattraperont bientôt l'hésitation. Lapin, hochet, bonnet, serviette éponge, tu vas voir la vie en rose – rose comme la robe de Grace Kelly que toutes les femmes copient depuis qu'elle a épousé son prince. Même les épingles à nourrice qui tiennent tes langes seront roses – oui, tu nais à la frontière historique des couches lavables et des couches jetables ; ça ne te rajeunit pas, je sais. Et ça n'aide pas ta mère, imagine-toi. Cette layette blanche, en attendant, n'est pas vraiment une brillante idée. Comme ta grand-mère en a tricoté pour au moins six mois, et des barboteuses, et des gigoteuses, et des paletots, et des chaussons, tous blanc neutre, aux passants de la rue, aux voisins de l'immeuble, aux patients de son mari qui s'enquièrent et s'intéressent, guidés par rien, « Qu'est-ce que c'est ? » ou « Comment il s'appelle ? », ta mère n'a pas fini de répondre « C'est une fille », ou même (c'est le pompon) de détromper les étonnés que ta carrure égare : « Non non, je vous assure, c'est une fille. »

Ton père va le matin à la mairie déclarer la naissance, la née-sans. Devant l'employé, ne se rappelle pas le prénom qu'on avait choisi si par malh, si jamais, au cas où… Qu'est-ce que c'était, déjà ? Juliette, comme ta marraine ? Non, pas possible, Juliette c'est le pendant de Roméo, enfin, le pendant, si on peut dire, ah ah ! Juliette c'est le degré zéro du zizi, c'est l'attente de ce qu'elle n'est pas, de ce qu'elle n'a pas, c'est suffixe de fille à vie, c'est fillette, c'est minette, c'est choupette, Juliette c'est le diminutif fait fille, la Julie éternellement diminuée, la vigie du balcon, la rime pauvre pour poète amer, Roméo le héros y brille en creux par son absence. Il faut dire que ton père s'appelle Barraqué – avec deux r, précise-t-il toujours, ça fait la paire. Jean-Matthieu Barraqué, c'est du patronyme, ça vous assoit un fils. Tandis que là… L'onomastique lui pose une colle – et ne va pas non plus te faciliter la vie, entre parenthèses. Alors ? Nathalie ? Annie ? Sophie ? – la valse des e muets, le tango des muettes. Martine ? (et puis quoi encore !). Jeannine ? Bof. Josette ? Non (ouf !). Il nage complètement. Enfin il se souvient d'un film qu'il vient de voir au cinéma, *Le Prince et la Danseuse*, avec Marilyn Monroe et Laurence Olivier. La danseuse, c'est Marilyn Monroe. Marilyn, alors ? Avec un e pour faire plus français ? Marilyne. Pas mal… Mais si tu es moche, en grandissant ? Si tu ne développes pas de quoi remplir la main d'un honnête homme ? Marilyn, ce n'est pas un cadeau. Ça met un poids sur les épaules. Et sur les seins, et sur les fesses. (Et puis Marilyn Barraqué… mouais. Ton père n'est pas complètement con non plus.) C'est comme Juliette, dans un autre style : trop voyant. Pourquoi pas Carmen, tant qu'on y est ?! Et que dirait Simone, ta mère ? Ce serait comme lui donner une rivale au berceau. Le prince, en revanche… « Prénom de l'enfant ? » répète l'employé de l'état civil. Laurence Olivier… Ton père lui ressemble, en plus, on le lui a déjà dit plusieurs fois (et à Sean Connery, aussi. À Tyrone Power, un peu). Laurence Olivier. Brun ténébreux, comme lui. Fils de pasteur (anglican, mais bon…), acteur génial (il a joué Roméo, justement). Soupçonné d'être homosexuel ? Ton père l'ignore, il n'écoute pas les mauvaises langues. « Laurence », dit-il. Laurence, du latin *laurus*, « (couvert de) lauriers » (ton père n'a pas de lumières en étymologie mais il est médecin, connaît toutes les plantes par leur nom latin). Tu seras un athlète grec, un tribun romain, le front ceint d'une couronne. Tu seras Spartacus, tu seras Roméo, tu seras César, Apollon, Napoléon s'il le faut. Tu seras un prince, ma fille. Au moins chez les Rosbifs. Tu seras Laurence, l'éternel lauréat. Ou l'éternel.le lauréat. e, si tu préfères (ton père est conciliant le jour de ta naissance. « L'écriture inclusive ? Qu'est-ce que c'est que cette connerie ? te dira-t-il dans soixante ans. La femme est déjà incluse dans l'homme »).

Plus tard, il revient avec ta sœur Claude qui, bien que n'ayant pas encore compris qu'on allait te ramener à la maison, ne voit pas du tout ce qu'on te trouve et d'où vient tant d'extase. En substance : la bouche de tonton Albert (ma pauvre), le nez de mamy Marcelle (tant mieux), les pieds si grands pour ton âge (douze heures et demie), et puis les yeux bridés on se demande bien pourquoi. Deux fentes au milieu du visage : tu as l'air asiate (mais pas mongole, parole). « J'ai demandé à sœur Catherine pourquoi ma fille avait une tête de Chinoise, dit ton père pour amuser la galerie (et tenter de faire passer son trou de mémoire à la mairie). Elle m'a parlé de l'ictère postnatal, de la génétique, de la volonté divine : je n'étais pas très convaincu. J'ai insisté et là, elle m'a dit : “Eh bien, il y a peut-être un autre facteur… — Ah ! Je m'en doutais…” » Tout le monde rit, sauf ton arrière-grand-mère (elle ira vérifier à la poste). « L'eau rance ?

ânonne ta grand-mère en tordant le nez. Pourquoi pas Florence, plutôt ? — Flot rance ? » dit ton père. Tu serais une fille doublée d'une ville ? Quelle idée. On perdrait les lauriers, tu n'aurais plus l'injonction de les amasser sur ta tête, comme un homme. Ce serait dommage. « Je suis pas près de l'avoir, mon équipe de rugby », dit ton grand-père en te tâtant quand même les biscotos.

Tu es une fille. Ce n'est pas un drame non plus, tu vois. Tu as les yeux bridés mais on n'est pas en Chine. On n'est pas en Inde. En Inde, « c'est une fille » est aujourd'hui une phrase interdite. Dire « c'est une fille » avant la naissance est passible de trois ans de prison et de dix mille roupies d'amende : on n'a plus le droit de demander ou de pratiquer une échographie pour voir le sexe de l'enfant et avorter en conséquence car trop de filles disparaissent ; à force de les étouffer dans l'œuf, il y a des villages entiers d'hommes célibataires. À force de liquider les filles, ils ne trouvent plus d'âmes sœurs. Avant l'invention de l'échographie, on les tuait à la naissance. Si tu étais née en Inde ou en Chine, tu serais peut-être morte. À Rouen, tout va bien. On t'aime quand même.

Tu me diras que dans quelques régions du monde c'est le contraire : au Mexique, chez les Zapotèques de Juchitán de Zaragoza, on fait de grandes fêtes quand naît une fille car les femmes y sont les chefs de famille et lèguent leur nom à leurs enfants. Les hommes donnent leur salaire aux femmes qui le gèrent. Mais bon, c'est au Mexique, et encore, sur un tout petit bout de terre. Chez toi, en attendant, ta mère n'a pas de compte en banque, pas le droit de faire un chèque ni de travailler sans l'accord de ton père – d'ailleurs, elle ne travaille pas. Elle fait la cuisine (très bien – elle sort d'une école ménagère), elle joue au tennis (bien) et aux dames (pas mal). Pour le tennis, c'est compliqué, ton père n'y est pas favorable, à cause des tournois qui l'éloignent en jupette du repas dominical conséquemment préparé à la sauvette, voire laissé à sa seule gouverne. Elle va bientôt mettre à profit son farniente pour prendre un amant. C'est la façon, chez nous, qu'ont trouvée les filles d'affirmer leur liberté à l'égal des garçons. *Only you* se décline, *and you, and you.* À malin maligne et demie. À mari femme ennemie.

« C'est une fille. »

Ça commence avec un mot, comme la lumière et comme le noir, comme le noir qu'éteint la lumière.

Ce mot, si tu l'entends plusieurs fois, de la bouche de Catherine Bernard puis de la voix de ta mère au téléphone, le visage tout blanc sur le traversin, qui répand la nouvelle, si tu l'entends plusieurs fois dès le premier jour, tu ne le comprends pas nécessairement. Et même, tu ne le comprends évidemment pas. Le mot « fille » n'a aucun sens pour toi, pas plus que le mot « garçon » qui circule par moments dans la conversation de ta mère. Tu vas percevoir peu à peu, au gré d'autres mots, son importance inaugurale. Tu vas comprendre qu'il ne s'agit pas seulement, comme pourrait le laisser croire le présentatif « c'est », d'une observation neutre, d'un constat, mais aussi et plutôt d'un rapport au monde, d'un destin en creux, si l'on peut dire. « C'est une fille » signifie d'abord « Ce n'est pas un garçon ». Mais il te faut au préalable passer par d'autres mots.

Tu découvres ta famille. À l'oreille, puis à l'œil, au toucher. Avant tout, il y a *maman. Maman*, c'est le premier mot que tu apprends et c'est un nom de fille. Si tu étais un garçon, ce serait le même, tu ânonnerais *maman* tout pareil – *papa* vient après, c'est prouvé. Garçon, fille, tous aiment d'abord maman. L'amour est une fille, à la base. Les sceptiques prétendent que si c'est le premier mot, c'est seulement parce qu'il est le plus facile à prononcer. Mmmmm, font naturellement les lèvres qui cherchent le sein. La consonne bilabiale se prête au marmonnage du marmot affamé. Maman, c'est juste miam miam, disent-ils, c'est l'appel de la mamelle confirmé par la phonétique. L'amour est un sein, à la base, rien de plus. Oui, mais c'est un sein de fille. Rond, gonflé de lait, nourricier. Les papas ne l'ont pas, tu noteras. Tu notes déjà. Quand ton papa te prend dans ses bras, il n'y a rien à gober sous la chemise blanche, c'est tout plat. Nada derrière la cravate. Sans doute est-ce pourquoi il ne te prend presque jamais dans ses bras. Te prendrait-il plus souvent dans ses bras si tu étais un garçon ? Probablement pas, car qui que tu sois, à ce stade tu n'es qu'un bébé qui bave. Et puis les garçons n'ont pas autant besoin de câlins. Ça les ramollit. Malgré tout, la question se pose. D'autre part, maman est tout le temps là. Tu cries, elle arrive. Tu as faim, son sein apparaît. Tu chies dans tes langes, elle te nettoie. Tu pues, elle te met du sent-bon. Tu as mal aux dents, elle te donne la girafe à ronger. Tu as peur dans le noir, elle allume ta veilleuse. Tout cela plus ou moins vite. Papa, lui, ne fait rien du tout, tu noteras. Tu notes aussi que la voix de maman est plus douce et plus tendre, elle dit bisous, coucou, chérie, lolo, elle chantonne des mots qui t'endorment. La voix plus grave, que tu vas bientôt associer à toutes les silhouettes plates dotées de poils, d'une boule dans le cou et d'une paire de pantalons, a des tonalités plus interrogatives, ça va le bébé ?, où est ma chemise ?, quand est-ce qu'on mange ? Globalement, la voix papa pose beaucoup de questions et la voix maman répond. D'une manière générale, le corps maman est ici maintenant, tu te promènes avec lui, dans ses bras tu découvres la cuisine, la salle de bains, la chambre, tandis que le corps papa est ailleurs, derrière la porte, hors de vue. La voix papa ne s'adresse pas à toi, elle parle de toi, occasionnellement, scientifiquement presque : érythème fessier, tire-lait, vaccin en rupture de stock, tandis que la voix maman associe pour toi un mot et une chose, une sensation, un geste : casserole, baignoire, bisou, chaud, dodo, t'aime. Le concept papa est une absence, papa est pas là, tandis que maman si. Et quand il lui arrive de ne pas répondre, c'est une autre voix qui prend le relais, dotée de seins et de robes, une voix qui répond au nom de mamy ou de mémé ou de tata ou de Ginette, une voix douce et attentive – des filles aussi, de toute évidence. Un syllogisme s'imprime dans les prémices de ton cerveau : l'amour, c'est être là. Les filles sont là. Donc les filles sont l'amour. Ta sœur toutefois fait exception à la règle. Elle porte des robes, a une voix de crécelle, mais elle n'est pas souvent là et quand elle l'est, tu ne te sens pas en sécurité. Il n'est donc pas certain que ta sœur soit une fille. À vérifier.

À propos de filles, il y a une chose bizarre. Tu es une fille, c'est entendu. Mais tu es aussi la fille de ton père. Et la fille de ta mère. Ton sexe et ton lien de parenté ne sont pas distincts. Tu n'as et n'auras jamais que ce mot pour dire ton être et ton ascendance, ta dépendance et ton identité. La fille est l'éternelle affiliée, la fille ne sort jamais de la famille. Le Dr Galiot, au contraire, a eu un garçon et il a eu un fils. Tu n'as qu'une entrée dans le dictionnaire, lui en a deux. Le phénomène se répète avec le temps : quand tu grandis, tu deviens « une femme » et, le cas échéant, « la femme de ». L'unique mot qui te désigne ne cesse jamais de souligner ton joug, il te rapporte toujours à quelqu'un – tes parents, ton époux, alors qu'un homme existe en lui-même, c'est la langue qui le dit, comme la grammaire t'expliquera plus tard, dans ta petite école de filles jouxtant celle des garçons, que « le masculin l'emporte sur le féminin ». Tu devras l'apprendre par cœur un jour, mais tu le sais depuis le premier jour. Au cas où tu ne l'aurais pas bien mémorisé, le pasteur te le réexpliquera sous une forme plus imagée. Dieu a créé Adam puis, le trouvant bien seul, lui a bricolé une compagne à partir d'une de ses côtes. Ève est née d'un bout de thorax mâle ! Alors ça ! Tu as huit ans, tu as pu te représenter un chou, une rose, tu as pu gober le coup de la cigogne, mais fille et femme née d'un os d'homme, non. C'est trop ! Tu rigoles avec ta sœur sur le chemin du catéchisme : « Alors Adam il a une côte en moins ? Mal foutu, l'ancêtre ! Les garçons, il leur manque une case. » Et au moment de la promesse, tu as quinze ans, tu demandes à la cantonade : « Vous savez pourquoi Dieu a créé Adam avant Ève, les filles ? Parce que avant de faire un chef-d'œuvre, il faut bien faire un brouillon. » Toutes les catéchumènes s'esclaffent. Le pasteur, lui, trouve que tu n'es pas mûre pour faire ta communion cette année-là. Tu ne la feras pas. Tu ne la feras jamais. Jésus n'est qu'un fils à papa, et toi, tu t'en bats les couilles. Mais n'anticipons pas.

Tu es née depuis plusieurs semaines, tu es rentrée à la maison. Ta sœur Claude te regarde téter sans aménité. Penchée au-dessus de ton berceau, un faux sourire aux lèvres, elle te planterait bien une aiguille à tricoter dans la pupille, mais maman veille au grain. Tous les jours, tu suces le sein à mort, tu ne connais rien de meilleur, logée au creux des bras, que d'aspirer ce liquide blanc qui se renouvelle au gré de ta fantaisie vocale. À part ta sœur qui t'a à l'œil et tout ce rose qui envahit ton champ de vision, tu ne connais aucun motif d'insatisfaction. Ton bonheur dure quatre mois, à l'issue desquels, pour une raison d'abord obscure, ta mère te colle dans la bouche un embout caoutchouteux percé d'un trou à son extrémité. Le lait qu'il te délivre n'a pas le même goût et surtout, ta mère en est parfaitement distincte, tu la vois parler au téléphone à l'autre bout du salon, préoccupée, pendant que ta grand-mère ou Ginette, la femme de ménage, te donne le biberon, et même parfois tu ne la vois pas, elle n'est pas là. Est-ce qu'elle en a eu assez que tu lui tires sur les seins quatre fois par jour au risque d'en ruiner la beauté ? Que deviendra-t-elle, en effet, si elle cesse d'être belle ? Une fille laide, qu'est-ce que ça devient ? Ou veut-elle être libre de son emploi du temps, libérée de tes horaires affamés, elle qui pourtant ne travaille pas ? Car ce n'est pas un travail de rester à la maison avec deux petits enfants, tout le monde le sait.

Il y a une autre raison, en réalité. Ta mère est enceinte. Quoi ? Encore ! Oui. Ta mère a cru tout rond ce que lui assurait ton père (c'est lui le savant, il connaît tout du fonctionnement, le corps féminin n'a pas de secrets pour lui) : tant qu'elle allaite, elle ne peut pas tomber enceinte. C'est mathématique. La lactation empêche le retour de l'ovulation. Tu parles, Charles ! C'est l'as de la contraception, ton père ! À moins qu'il ne se soit remis en douce illico à son ambition mâle : avoir un garçon. Ta mère n'a pas le temps de dire ouf. Ni toi de dire encore. Tu es sevrée aussi sec. De sein et de bras. Ta mère est toujours là, mais elle se repose. C'est parce qu'elle porte un enfant, dit-on. Alors que c'est l'inverse : elle ne te porte plus. Tu restes en carafe sur le tapis, dans ton lit, au fond de ton siège à bascule. Tu n'y comprends rien. Tu te sens comme une poupée oubliée, un invendu sur une étagère, un rossignol délaissé en vue d'un nouvel arrivage. Qu'est-ce qui ne va pas avec toi ? Qu'est-ce qui te manque ?

Ta mère perd les eaux un vendredi après-midi, elle est au cinéma avec André, un ami du couple. Il a sa voiture, ça tombe bien, il l'emmène à la clinique sans attendre la fin du film. Ton père continue ses consultations, il ne se déplace pas, il préfère cacher son espérance derrière le combiné du téléphone. Qu'est-ce que c'est ? C'est une fille.

Et de trois. Tu me la copieras.

Ils l'appellent Gaëlle. Qui s'écrit aussi Gaël, quand c'est un garçon, et même quand c'est une fille (n'insiste pas, tes parents ne fréquentent pas Freud). C'est seulement pour l'état civil, en fait ; on n'aura pas l'occasion de l'appeler car elle meurt le surlendemain. « Pauvre petit bout », murmure ton grand-père. Tu ignores tout de l'événement, bien sûr, tes grands-parents te gardent et tu ne comprends pas le mot « mort », tu n'as que treize mois. Mais si ta mémoire ne conserve aucune trace de ta sœur morte, ce n'est pas le cas de ton *cabinet noir*. Il y a en effet chez ta grand-mère, au bout du couloir, une petite pièce sans fenêtre, un genre de cagibi qu'on appelle le *cabinet noir*, où s'amasse un chaos de choses indistinctes, et devant lequel tu ne passeras jamais qu'en courant, sans t'arrêter, convaincue qu'il abrite des monstres. Eh bien, ce cabinet noir, tu l'as aussi dans la tête. Le 15 novembre 1960, quand Gaëlle, toute blême, cesse de respirer à la clinique Sainte-Agathe, il y a déjà un joli capharnaüm dedans, des biberons mal digérés, les aiguilles à tricoter de Claude, ta mère qui pleure, le menton de ton père qui tremble. Mais elle, Gaëlle, s'y installe en majesté. Le noir complet ne la dérange pas, au contraire. Elle devient l'enfant du placard, la victime secrète d'une terrifiante Barbe bleue. « Ici, on tue les filles. » Tu files à toute vitesse devant la pancarte, sans regarder, tu la liras longtemps après avoir appris à lire. Est-elle là parce que c'est toi qui l'as tuée ? Tu as tellement voulu sa mort que la puissance de ton désir t'effraie. Une autre sœur ? Pas question ! Ce serait la fin de ta splendeur. Écrasée, tu serais ! Tapie dans le cabinet noir, ta haine est performative. Elle t'a retiré le sein de la bouche ? À bas la puînée ! Elle t'a fait tomber des bras maternels ? À mort ! Tu pilonnes tout de tes pensées mauvaises, et voici que le sort t'exauce. Ou alors, version moins obscure, c'est ta mère qui n'en a pas voulu : un troisième enfant alors qu'elle vient de flasher sur André ? Mauvais timing. Ou bien ton père, qui ne la verra que morte, n'ayant pas jugé urgent de rencontrer sa benjamine, *ter repetita non placent*. Bref, Gaëlle, troisième fille, dernière sœur, n'est pas tombée dans le bon biotope. Personne n'en voulait, alors elle s'est éclipsée discrètement, comme on n'a pas besoin de l'apprendre aux filles ; elle n'a eu qu'à suivre sa pente. Tu n'iras pas la chercher dans le cabinet noir. Les filles, ça suffit. Bon débarras. *Exit* le petit bout. Mais plus tard, et depuis des années, chaque fois que tu coupes quelque chose – du pain, un gâteau, du fromage, n'importe quoi –, tu recoupes un morceau supplémentaire, tout petit, en plus de la distribution, un petit bout de rien du tout, que tu mets de côté, même si tu finis toujours par le manger. Tu ne sais pas pourquoi, mais tu ne peux pas t'en empêcher. C'est le *petit bout* que célèbrent malgré tout ta jalousie cannibale ou le remords hérité de tes parents : la part de l'ange, la part de Gaëlle.

À présent tu pleures mais personne ne vient. Tu te fais de plus en plus petite en grandissant, tu ne veux pas déranger, ni constater qu'on ne se dérange plus pour toi. Tu cesses de pleurer, tu fais celle qui n'a besoin de rien (du moment qu'on n'oublie pas l'heure des repas).

Tes parents font une tête d'enterrement, toi tu es enterrée vivante et tu l'as bien mérité : tu n'avais qu'à être un garçon, on se serait mieux consolé de tes sœurs. Ta benjamine ne meurt qu'une fois, mais toi… Tu meurs dans le regard de ta mère, qui ne te voit plus. Tu meurs dans le regret de ton père, qui n'y croit plus. Tu meurs dans la jalousie de ton aînée, qui rêve toujours de te faire ta fête. Tu meurs même dans la mort de ta sœur, puisque tu ne la remplaces pas. Bref, tu n'es pas à la noce. Tu connaîtrais toutes les morts de l'enfance si tes grands-parents ne t'insufflaient la vie par intérim, le temps que tes parents ressuscitent. Ta grand-mère a toujours été fille unique, sa mère aussi, et fille-mère en prime, qui l'a élevée seule. Alors les filles, elles trouvent ça bien, en un sens. Même s'il en naissait une flopée, chacune serait unique. Enfin, unique… À la fois unique et comme elles, extraordinaire et identique, vouée au même destin que le leur et riche d'autres possibles, qui sait ? La fille est l'avenir de la femme, chez elles. La fille est l'avenir d'elles, mais aussi leur reflet. Ça les tient, mamy et mémé. Elles ne votent que depuis dix ans, guère plus, et encore, elles n'osent pas toujours. Mais elles ont des espérances. Elles te donnent leur procuration. Tu seras unique, ma petite-fille. Mais reste dans les clous, quand même. Sois polie. Sois sage. On ne sait jamais.

À en croire les premières photos de toi, tes parents remontent saufs à la surface du Styx, la barque des morts les ramène à l'embarcadère. Sur celle-ci, ta mère sourit merveilleusement à l'objectif – à se demander si ce n'est pas André qui prend la photo. Tu es debout à côté d'elle accroupie, tu souris aussi d'un air encore assez chinois, tes yeux sont des amandes perdues dans tes joues, tu as une petite robe dentelée, des socquettes blanches et des mollets balèzes. Sur celle-là, tu portes un bas de maillot de bain en éponge, tu te tiens à droite de ton père en slip moule-boules et ta sœur à sa gauche, dans un maillot de bain identique au tien, vous êtes tous les trois sur un rocher, derrière vous la mer est calme. Ta sœur et toi avez toutes deux les cheveux très courts, des épaules à l'équerre et pas de haut de maillot, si bien qu'avec ton père vous avez l'air de trois gaillards à différents stades de développement. Tu es encore boulotte, mais moins : intrigué par ton aspect soufflé, ton père a fini par demander ce qu'on te donnait tous les jours au goûter et ta grand-mère a répondu : « Quatre bananes écrasées avec de la crème et du sucre, pourquoi ? » De quoi se mêle le gendre ? La nourriture n'est pas une affaire d'hommes. Les filles ont le bec sucré, c'est connu. Ton père, en attendant, ne veut pas que tu deviennes une vache. C'est mauvais pour la santé et aussi pour trouver un mari. Tu t'appelles peut-être Barraqué mais cela ne t'autorise pas à devenir un fort des Halles. Il résiste aux matrones et te met au régime sans bananes (tu lui dois une fière chandelle, dit-il). Tu fonds, mais le surnom qu'il t'a trouvé alors te restera longtemps : Gras-du-bide. Ton père ne pratique pas plus la grammaire que la dentelle. Tu es une fille gras, c'est tout. De son côté Claude, en version moineau, ne va pas tarder à t'appeler Groc. Groc, pour Gros Cul. Tu es un abrégé gras du bide de gros cul rose bonbon. C'est une couleur qui n'a jamais minci personne. Mais tu ne te regardes pas encore dans la glace, tu as trois ans.

Tu as trois ans et tu vas déjà à l'école depuis six mois : tu as voulu aller là où va ta sœur tous les jours (tu jalouses son air d'importance à son retour) et comme tu ne fais plus dans ta culotte, on t'a acceptée. À vrai dire, la première année tu passes la majeure partie du temps à dormir, tu te réveilles dans un dortoir dont tous les petits lits sont vides, qui ressemblent à ceux des contes que l'on commence à te lire. Quand, telle Blanche-Neige, tu émerges du sommeil au milieu d'autres lits, tu ne te souviens pas de tes rêves, ni du moment où tu t'es endormie. Ta petite enfance se présente de la même façon : comme un long sommeil dont rien ne te reste, ou bien une image éclair, un mot. C'est tout de même étrange, angoissant presque, de ne rien savoir d'un temps si long. Seuls les témoins comblent ton amnésie de leurs souvenirs eux-mêmes vrillés, qui diffèrent, et quelques photos dont le noir et blanc accentue l'âge. Que disent-ils ? Que tu étais le bébé modèle, puis la petite fille modèle, dormant bien, mangeant bien (« Ça… », dit ton père), criant rarement, souriant beaucoup. Modèle, on te dit. « Pas top model, ajoute ton père. Hein, Gras-du-bide ? – Un peu timide », ajoute ta mère. D'abord inquiète des nouveaux visages puis sociable, au bout du compte, curieuse, même. Sauf que… boudeuse, mais boudeuse ! À l'âge où ta sœur avait fait de l'opposition, disant non à tout, tapant du pied, toi tu ne disais rien, tu boudais. Claude a toujours eu un côté garçon manqué, teigneux, rebelle. Toi, à deux ans et demi, dès que tu étais contrariée, tu te mettais dans ton coin et tu faisais du boudin. La vraie fille, quoi ! On t'a envoyée tôt à l'école parce que tu t'ennuyais. Tu parlais très bien, déjà, pour ton âge.

Et puisque tu parles déjà très bien pour ton âge et que ça t'intéresse beaucoup, les mots, les gens, les choses vraies ou non qu'on raconte, puisque trois ans, c'est l'âge des premiers souvenirs et que ta mémoire est bonne, puisque désormais tu es présente à toi-même, tu peux peut-être continuer l'histoire en ton nom, maintenant. C'est quoi, tes souvenirs de fille ?

## 2

Mon premier souvenir s'ouvre sur un cri, comme si je sortais par un cauchemar de l'oubli du sommeil. Nous sommes tous les quatre, mes parents, ma sœur Claude et moi, dans une chambre d'hôtel au Lavandou, là où la photo en maillot de bain a été prise. C'est la nuit, je suis dans un lit à barreaux placé contre le mur en face des deux autres, un grand et un petit, et je me réveille au cri de ma mère : « Au secours ! Quelqu'un est entré ! Il y a un homme ! » Ça commence avec un mot, comme la nuit. C'est par cette effraction que je pénètre dans ma mémoire. Mon père se lève, la porte de la chambre est ouverte, ça s'agite au bout du couloir, il sort mais revient bredouille, l'homme s'est évanoui. Ma mère, assise dans le lit, reprend son souffle, le poing contre son sein nu. Il fait très chaud, il y a aux fenêtres des fantômes immobiles. Je tremble, je ne comprends pas ce qui arrive, est-ce qu'on a voulu tuer ma mère ? Ou moi ? Est-ce qu'on aurait pu me faire du mal ? Un homme ? « Ce n'est rien, dit mon père, c'est un rat d'hôtel, il n'a pas eu le temps de nous voler. » Un rat ? Si papa compte me rassurer ! Un rat qui s'insinue partout, comme les insectes, qui comme eux grouille dans les trous et les ordures ? Un rat avec sa longue queue, rapide et insaisissable, qui rentre partout, sale et honteux ? Tout le monde se rendort, sauf moi. Je voudrais aller dans le lit dormir à côté de maman, j'ai peur que ça recommence, mais je n'ose pas demander – papa ne voudrait pas, de toute façon.

Mon deuxième souvenir, c'est le lendemain, ou peut-être la veille. Mon père a acheté un canot pneumatique avec des rames. Il m'emmène voir la caverne d'Ali Baba, qui est assez loin de la plage, il faut pagayer au moins dix minutes. Les rochers bruns et moussus présentent une anfractuosité, les voleurs ont caché leur trésor sous la voûte, c'est par là qu'ils rentrent, il n'y a qu'à dire « Sésame, ouvre-toi ». Je veux aller chercher le trésor mais papa refuse : et si les voleurs étaient encore là ? C'est dangereux, et puis ce serait du vol, aussi – oui, on peut voler des voleurs. Défense d'entrer, donc. On y retourne plusieurs fois en canot, mais sans jamais voir le trésor. Le bateau se balance devant la roche fendue, je regarde au fond de tous mes yeux, cherchant en vain des éclats d'or, c'est très sombre, on n'y voit goutte.

Papa nous emmène l'une après l'autre, ma sœur et moi, jamais ensemble. Si par hasard le canot se retournait ou se dégonflait d'un coup, même avec nos brassards on pourrait se noyer, et lui, il ne pourrait pas nous sauver toutes les deux, il serait obligé de choisir. C'est un père qui pense à tout, surtout à la mort. Il pense peut-être à Gaëlle : les filles, ça meurt. Peut-être que s'il avait un garçon, sur les deux, il nous emmènerait ensemble dans le canot. Un garçon, c'est fort, ça s'en sort toujours. Et puis surtout, je me dis, s'il y avait un garçon sur les deux, en cas de naufrage il n'hésiterait pas, il saurait qui sauver.

L'hôtel s'appelle Le Bathyscaphe. Les patrons exposent dans le hall une maquette de l'engin avec un plan de montage embrouillé que mon père regarde longuement sans que je comprenne pourquoi. Un bathyscaphe, explique-t-il en montrant l'appareil du doigt, permet d'aller très loin, très profond dans la mer. On y fait des découvertes merveilleuses, qu'on ne voit nulle part ailleurs. Il rêve d'y aller, ça se sent. Les hublots font comme de gros yeux de poisson mort. Le mot lui-même est compliqué. Il signifie « barque profonde », j'ai beaucoup de mal à le prononcer, ba-thy-sca-phe, mais je ne l'ai jamais oublié. Les bathyscaphes sont très à la mode au début des années soixante, on suit les records de profondeur de ces sous-marins, les explorations abyssales du *Trieste* et de l'*Archimède* fascinent mon père qui a lu tout Jules Verne, petit. Les premières histoires de ma vie, c'est lui qui me les a racontées. Le *Nautilus* et Ali Baba, l'été de mes trois ans. Je fais semblant de me passionner pour ces histoires de poulpes et de périscope, ma sœur aussi, mais elle, c'est peut-être sincère. Mis à part sa voix qui les raconte, quel intérêt ? Il manque à ces récits quelque chose pour me plaire. Je ne sais pas trop quoi. Des filles, peut-être. Il n'y a pas de filles, dans ses histoires. Dans son plaisir à raconter, on n'existe pas. On n'est pas là. C'est bien normal : qu'est-ce qu'une fille irait faire à vingt mille lieues sous les mers, environnée de périls et de machines ? Mais aussi, pourquoi les garçons aiment-ils tellement les histoires sans filles ?

J'ai demandé à ma mère et à ma sœur ce qu'elles se rappelaient de cet été-là, il y a longtemps, au Lavandou. Je pensais que même si ce n'était pas, contrairement à moi, leur premier souvenir sur terre, elles se souviendraient avec précision de nos seules vacances ensemble. Plus jamais en effet nous ne sommes partis tous les quatre où que ce soit. Or, ma mère se rappelle en tout et pour tout un voyage en pédalo et le fait que moi, Gras-du-bide, j'allais, tout nombril dehors, lécher la glace des gens sur la plage quand j'avais fini la mienne. J'étais tellement mignonne que personne ne me résistait, dit-elle. Quant à ma sœur, elle n'a aucun souvenir non plus du rat d'hôtel, et quand je lui raconte, elle se moque : les parents devaient être en train de faire l'amour, c'est tout ; je me suis fait un cinéma de quelques cris ; j'ai bidouillé ma scène primitive en vol, en viol.

C'est bien possible. Peut-être avais-je besoin

d'être témoin d'une scène d'où j'étais absente, de combler le trou de mémoire d'où je suis née. L'effroi de l'effraction n'en reste pas moins, tant d'années après, tatoué dans mon corps ; il perce mes oreilles, tout comme mes yeux revoient l'entrée de la grotte marine impénétrable, au trésor secret. Un jour, il y a cinq ans, je suis retournée au Lavandou avec Pierre, un fou dont j'étais folle. Nous avons cherché en vain la plage : aucun hôtel ne s'appelle plus Le Bathyscaphe. Je n'ai pas vu non plus quels rochers pouvaient bien abriter la caverne d'Ali Baba. Il n'y a pas de falaises, au Lavandou. Ai-je tout inventé ? Canot glissant à la surface des choses ou sous-marin explorant les abysses, ma mémoire ou mon imagination me balade. « Tu as commencé à te raconter des histoires à trois ans, a conclu Pierre en creusant le sable avec un couteau de mer. Tu étais précoce, comme fille. »

Je suis précoce, comme fille, oui, ou plutôt, précoce comme une fille : je parle mieux que je ne bouge, j'écoute mieux que je ne cours, je préfère jouer avec les mots qu'à chat perché. Il paraît que la langue est notre privilège, à nous qui apprenons si tôt à limiter notre corps. La parole est notre *Nautilus*, elle a ses abysses.

À l'école maternelle, quand je ne dors pas, je cherche ma sœur des yeux, mais elle ne me calcule pas, elle fait des messes basses avec d'autres grandes qui me regardent en riant et, très vite, elle change d'école, elle va de l'autre côté de la rue, je ne la vois qu'à la sortie, renfrognée de me constater toujours en vie – et bavarde avec ça, racontant ma journée –, énervée aussi de me retrouver habillée comme elle, fausse jumelle joufflue, elle qui rêve toujours d'être la seule, et moi donc ! Fille unique, comme ma copine Jeannine, qu'est-ce que ça doit être bien ! Nous portons en effet souvent les mêmes vêtements, à croire que tout s'achète par lots de deux, à Rouen. En réalité, ils sont fabriqués dans un seul coupon de tissu dont mémé, ancienne couturière, fait deux jupes ou deux robes du dimanche, à fleurs, à smocks, à nœuds roses. C'est économique, deux filles. Sinon, il faudrait un autre modèle : les garçons nécessitent un autre patron, ils sont d'une autre étoffe. Sur le chemin du retour, Claude marche devant en roulant des épaules, elle siffle entre ses doigts, fait comme si je n'existais pas, et quand je proteste parce que je n'arrive pas à suivre, me traite de chochotte. Je vois bien ce qu'elle voudrait, Claude. Sa vocation à elle, c'est fils unique.

À propos de garçons, on peut dire qu'à part dans les histoires de papa et en pochoir dans les conversations de maman, ils ne sont pas très présents, les premiers temps. Les cousins ne sont pas encore nés, les voisins sont retraités, les parents ne fréquentent pas beaucoup d'amis, surtout s'ils ont des garçons. À l'école maternelle, quoique le bâtiment soit d'un seul tenant, les classes ne sont pas mixtes. La cour de récréation est commune, mais pas aux mêmes heures.

Seules quelques activités nous rassemblent, telles que la distribution de fades verres de lait le matin et les spectacles de marionnettes où certains garçons crient si fort pour prévenir Guignol de l'embuscade de Gnafron que des filles se mettent à pleurer. Il n'y a pas de quoi puisque, en se déplaçant un peu de côté, derrière l'estrade on peut apercevoir les deux maîtresses qui manipulent les marionnettes en faisant la grosse voix. Observation 1 : les filles savent très bien faire les garçons, quand elles veulent. Il y a aussi des séances de danses folkloriques des pays et provinces qui, d'après les directives du Haut-Commissariat à la Jeunesse et aux Sports, favorisent l'amitié mixte et la motricité. Ces moments sont propices à percer l'énigme : c'est quoi, un garçon ? et son corollaire corrosif : c'est mieux, un garçon ? La question, sans beaucoup m'occuper (la réponse est non), surgit à l'occasion. La première m'est offerte par la disposition même des lieux : les classes et les espaces de jeux, non mixtes, sont séparés par les toilettes filles et les toilettes garçons. Sur la porte des garçons, le bonhomme a deux jambes. Sur celle des filles, il porte une jupe. On n'a pas le droit d'aller chez les garçons, évidemment (pourquoi ?), mais il suffit de passer devant pour que, dans l'entrebâillement, la différence saute aux yeux : c'est peint en bleu. D'autre part, de minuscules lavabos placés très bas sont alignés sur un côté et les garçons font pipi dedans, enfin ils essaient – quelquefois la maîtresse les aide, ou bien elle les gronde. Observation 2 : un garçon, c'est différent, ça fait pipi debout. Bon, je le savais déjà, plusieurs fois j'ai vu papa sortir de la 403 et s'isoler avec un tronc d'arbre comme s'il voulait lui confier un secret, n'importe où sur la route, tandis que nous, les filles, c'est toute une histoire ; quand je m'accroupis, les fourmis et les gendarmes essaient de me grimper dessus, j'aimerais bien me retenir mais souvent je ne peux pas, il faut arrêter la voiture (les filles sont des pisseuses, dit mon père). D'un autre côté, on ne peut pas généraliser. Par exemple Thérèse. C'est la fermière à côté de chez nous, à La Chaux, en Auvergne, là où est né mon grand-père. Ma sœur et moi y passons toutes nos vacances, l'été, avec les grands-parents. Tous les jours, malgré les protestations de mamy, on va aider Thérèse à faire sa vaisselle – elle a trois garçons et un mari pas commode, qui ne se lèvent jamais de table, j'ai remarqué. Ils travaillent à l'étable ou dans les champs, pendant qu'elle monte aux Huit-Fons avec ses vaches. Il y a Pervenche, Marguerite, Mignonne, Marquise, Prunelle, elles ont toutes des noms de fille – normal, c'est des mamans, elles font du lait. Thérèse nous apprend à les reconnaître, à crier des mots en patois pour les rassembler, c'est délicieux quand elles obéissent, quand leur lourde masse se déplace au seul son de notre voix, on se sent puissantes. Claude et moi, on l'accompagne dans la montagne chercher l'herbe verte, même si j'ai du mal car ça monte sec – « Allez, Groc, on s'accroche », dit ma sœur. Eh bien Thérèse, sur le chemin rocailleux, parfois elle ralentit, remonte ses nombreux jupons, et elle pisse debout, jambes à peine écartées. Balto, lui, lève la patte ; pas elle. Ça jaillit dru, comme les vaches, ça fait le même bruit en ruisselant sur les cailloux, Thérèse ne s'arrête pas de parler et repart aussitôt. Ce qui nous épate, ma sœur et moi, c'est que du coup, tu comprends, elle n'a pas de culotte. Et puis elle ne se cache pas, elle n'a pas honte, pas plus que les vaches qui lâchent leurs bouses sans même ralentir le pas. « C'est les filles de la campagne, dit ma grand-mère, elles font comme les animaux. » Ou bien, observation 1, elles font comme les garçons, si elles veulent. Enfin, quand elles peuvent. Moi, Thérèse m'a fait essayer une fois, je m'en suis mis plein les chaussettes. Pas facile pour une fille de la ville. Cela dit, ville ou campagne, les garçons, eux, sont aidés dans l'opération par un petit bout de tuyau posé sur un coussin mou, avec lequel ils arrosent à tout-va et sans crier gare. La naissance du cousin Bruno, l'année de mes quatre ans, confirme mon intuition. Il a un tuyau que je n'ai pas, ni Claude, ni mes poupées, ni Sophie la girafe, ni maman sous la fourrure quand elle prend le bain avec nous, ni même Teddy, mon ours en peluche. Un bout de machin riquiqui que ma tante nettoie avec autant de précautions que les pendeloques du lustre en cristal du salon, et qu'elle appelle en adoration « mon petit oiseau » – *mon*, alors qu'elle n'en a pas, justement, le sien a dû s'envoler. Observation 3, révélation 1 : c'est ça, le truc. *Leur* truc. Ça n'a l'air de rien, mais c'est quelque chose. Rien, c'est les filles. Les filles, elles n'ont rien.

D'un autre côté, bon, à quoi ça leur sert, à eux, à part à rester debout plutôt qu'à s'asseoir sur les cabinets ? Est-ce que c'est mieux ? Plutôt moins pratique, en fait, sauf en plein air. Moins confortable. Je fais quand même des essais dans le potager avec le tuyau d'arrosage, d'entre mes jambes je le dirige vers les patates, vers les tomates, j'arrose ma sœur qui essaie en vain de me le prendre, bref je fais ce que je veux avec, il faut reconnaître que c'est rigolo. Mais sinon je me sens bien avec les filles, à l'école, on est pareilles. On joue ensemble, on chante, elles font attention de sortir sans bruit du dortoir pour ne pas me réveiller, elles sont gentilles, les filles de ma classe. Il y en a une ou deux qui tirent les cheveux exprès, mais leurs mamans viennent s'excuser et elles ne recommencent plus. La vie est douce, en fille, ça rime avec tranquille – au moins à l'école (à la maison, c'est une autre chanson). Les garçons, je ne pense à eux que quand je les vois, mais alors j'y pense vraiment, je m'y applique. Entre trois et six ans, à l'école maternelle Jeanne-d'Arc, je parfais mes connaissances. Les jours de danse folklorique, en particulier, sont un événement. On se met par deux, un garçon, une fille, comme les parents, comme les grands. C'est l'occasion de toucher un garçon, de lui parler, de comprendre ce que c'est. Très vite, j'ai un cavalier attitré, je ne danse plus qu'avec lui sur des comptines lentes ou vives. Il s'appelle Jacques, il a cinq ans et il lui manque une main. *Mon petit oiseau, t'es-tu donc blessé ? T'es-tu donc, à la volette, t'es-tu donc, à la volette, t'es-tu donc blessé ?* Plus exactement, il a une main en plastique jaune clair dont la matière ressemble à celle de ma poupée Bella, ce qui me le rend familier. Il est d'ailleurs moins zinzin que les autres garçons et suit les pas avec application. J'aime sa faiblesse, elle me rend forte. Il lui manque une main, mais moi j'en ai deux, je peux l'aider. Le garçon a un chagrin que je vais lui faire oublier. *Mon petit oiseau, veux-tu te soigner ? Veux-tu te, à la volette, veux-tu te, à la volette, veux-tu te soigner ?* On a vraiment fière allure, même si on danse en pantoufles et que sa main ne peut pas guider la mienne. C'est moi qui le guide. Je mène la danse, je suis le cavalier. Observation 1 : les filles font très bien les garçons, si elles veulent. Jacques est heureux que je prenne sans dégoût sa main morte. Il me sourit, à la sortie il court me présenter à sa maman. Observation 4 : les filles font du bien aux garçons, s'ils veulent. *Je veux me soigner et me marier, et me ma, à la volette, et me ma, à la volette, et me marier.* « C'est ton amoureux ? demande ma mère. Il a de beaux yeux. » Il a les yeux bleus du même bleu qu'André, c'est pour ça.

L'autre occasion d'observer les garçons se présente dans le square en face de l'école où je vais jouer avec ma meilleure amie Jeannine.

À part un toboggan et une balançoire à deux places, il n'y a pas grand-chose pour s'amuser. Nous retrouvons souvent les deux mêmes garçons sur cette balançoire, ils font l'avion, ils n'en décollent pas, ils nous énervent. Un jour, j'ai l'idée d'envelopper des cailloux – bien ronds, réguliers – dans des papiers de bonbons et de leur proposer comme monnaie d'échange contre la balançoire. Ils hésitent un peu, flairant le piège, puis finalement ils acceptent et nous abandonnent la balançoire. Ils ne sont pas contents quand ils trouvent les cailloux, mais Jeannine et moi, on s'en balance. Le plus drôle, c'est après… Quelques jours plus tard, on retrouve les mêmes sur la balançoire, on leur offre des bonbons. Ah ah, cette fois ils ne vont pas se faire avoir, disent-ils, ils nous connaissent ! Mais nous jurons de notre bonne foi, nous nous excusons pour l'autre jour, on ne recommencera pas, promis, cette fois les bonbons sont vrais, la preuve, on en mange un devant eux, allez, on fait la paix. Ils se regardent, se mettent d'accord sans un mot et descendent de la balançoire, que nous enfourchons aussitôt. « On le savait… », disent-ils en découvrant les cailloux, mais on ne les entend pas, tellement on rit. Observation 5 : leur truc ne les rend pas plus malins que les filles, et même au contraire. Cependant, il s'agit d'une conclusion provisoire. Au fond, je ne peux pas croire que les garçons soient aussi bêtes. N'est-ce pas plutôt qu'ils ont envie d'être gentils mais sans que ça se voie ? Ils nous laissent les manipuler, ils sont d'accord pour être les gogos, ils préfèrent céder à notre ruse plutôt qu'admettre leur désir de nous plaire. Du coup, me dis-je, observation 6 : un garçon, en secret ça veut plaire aux filles. C'est donc plus compliqué qu'il n'y paraît. À creuser.

Un autre moyen d'apprendre consiste à étudier les parents, c'est-à-dire un garçon et une fille qui vivent ensemble depuis qu'ils sont grands. À première vue, ça n'a pas l'air folichon. De papa, je ne sais pas grand-chose, sinon que, sauf quand il blague, il ne sourit pas souvent – et à maman, jamais. Ils dorment ensemble, ils mangent ensemble, ils ne se parlent pas, sauf d'argent ou de nous – ou bien de gens qui ont débarqué, des Anglais, mais on ne les voit jamais. Ils n'ont pas beaucoup d'amis, ou alors chacun de son côté. Il n'a plus l'air de vouloir lui plaire. Ils ne s'embrassent jamais comme dans *Blanche-Neige*, ne dansent jamais tous les deux. Mais ce qui m'intéresse surtout, c'est de savoir si vraiment papa a entre les jambes le même truc riquiqui que le petit cousin – ce serait tellement ridicule que je veux le voir pour le croire. Comme il sort toujours de la douche, le dimanche, avec une serviette autour des hanches et qu'il passe par la salle à manger pour rejoindre sa chambre, ma sœur et moi nous cachons sous la table et nous contorsionnons afin d'apercevoir ce qu'il cache, mais sans succès. Maman, de son côté, aime bien les jolies robes et le maquillage. Tous les samedis matin, elle va chez le coiffeur, et l'après-midi, elle sort faire les magasins avec mamy, elles reviennent avec des paquets, refont des essayages devant la glace. Souvent maman défait d'un coup de brosse le casque laqué de ses cheveux et se recoiffe autrement parce que la coiffeuse n'a rien compris. Puis elle se met du vernis à ongles sur les mains et elle discute avec mamy en prenant le thé, elles parlent de robes ou d'André. Maman aime bien être à la mode, elle est mince et élégante, ce qui ne l'empêche pas de coller ses crottes de nez sous les fauteuils. C'est mamy qui paie les courses parce que papa ne serait pas d'accord, si j'ai bien compris il n'aime pas les dépenses inutiles, les robes, la permanente, le mascara, tout ça. Son père réparait des montres, lui a beau être médecin, il a le cabinet le plus miteux de Rouen, un chiffre d'affaires ridicule, bref ils ne sont pas nés de la cuisse de Crésus. Même pour Claude et moi, il n'apprécie pas : ces robes roses ont dû coûter une fortune ! On a l'air de gosses de riches, là-dedans !

Moi, je me trouve jolie dans la robe, même si ma sœur a la même. Je tournoie devant la glace, comme maman. Mais j'ai peut-être tort, puisque papa n'aime pas ?

Un soir, des messieurs passent à la maison, ils ont des questions à poser. Ils sont assis à la table de la salle à manger avec papa, l'un d'eux coche un formulaire qu'il a sorti de son cartable. D'après mes calculs, c'est le recensement de

1964, j'ai cinq ans. Timide et curieuse à la fois, je suis cachée derrière le canapé. « Vous avez des enfants ? demande le monsieur.

— Non, dit mon père. J'ai deux filles. »

# 3

Je sais lire à cinq ans, j'ai appris en même temps que ma sœur. Les images me font plus peur que les mots, je jette en haut de l'armoire le livre de *Blanche-Neige* dont la sorcière sur la couverture me terrifie, alors que je lis et relis sans cesse les contes d'Andersen, souvent si tristes pourtant. Mais j'aime pleurer et personne ne me le reproche – les filles ont le droit. Je suis tour à tour la petite fille aux allumettes, que personne n'écoute et qui meurt dans le froid et l'indifférence, la princesse au petit pois, si sensible, la petite sirène obligée de sacrifier sa voix pour gagner une place auprès du prince puis de se sacrifier elle-même pour lui sauver la vie. Ma mère me lit *La Belle au bois dormant* quand elle a le temps. Mon moment préféré, c'est lorsque la princesse se réveille grâce au baiser du prince et lui dit : « Vous vous êtes bien fait attendre. » Je la trouve rigolote de lui faire un reproche, pas gênée, un peu commandeuse, comme il se doit pour une princesse. Elle a raison. Il a quand même mis cent ans à la trouver, tout prince qu'il est, même à cheval : c'est long. Mais les filles attendent le temps qu'il faut, elles sont patientes pour être aimées. *Un jour mon prince viendra, un jour on s'aimera.* C'est la première fois que je vais au cinéma. La chanson de *Blanche-Neige* est une promesse, et une promesse, ça se tient. Le baiser finit toujours par arriver, il suffit d'attendre. Bon, il y a quand même des filles qui partent à sa recherche, qui ne restent pas les deux pieds dans la même pantoufle, surtout en verre. La petite Gerda, elle, s'en va pieds nus dans le vaste monde afin de ramener son ami Kay prisonnier de la Reine des Neiges, elle se fatigue si fort et brave tant d'obstacles qu'à la fin, lorsqu'ils se retrouvent, une éternité s'est écoulée. « La pendule faisait tic-tac, les aiguilles tournaient, mais en passant la porte, ils s'aperçurent qu'ils étaient devenus des grandes personnes. » Je connais la fin par cœur et quand maman lit, c'est moi qui dis les dernières phrases. J'aime la durée qu'elles évoquent, l'avenir qu'elles annoncent, mais comme la vie paraît longue, et loin l'amour ! Faut-il déjà se mettre en route ? Est-ce aux filles d'aller de l'avant ? Non, attendre, plutôt, comme maman quand elle guette André derrière le rideau : il arrive, à un moment il est là et cent ans sont un instant.

Claude, elle, n'aime pas trop les contes. Elle me traite de bébé. Chez les grands-parents, dont l'appartement prolonge le nôtre, elle s'enferme dans le bureau avec Corinne, la cousine que papa a surnommée La Couette parce qu'elle porte toujours des couettes et qu'elle n'est pas gras du bide. Elles essaient de me repousser mais j'entre quand même. Elles tirent de la bibliothèque de gros volumes de l'encyclopédie *Quillet* et cherchent des mots sales : kiki, quéquette, bouboute, bistouquette. Aucun n'est dans le dictionnaire, bien fait pour elles ! Seul zizi y est : « Petit oiseau gris-bleu commun en France. » Drôle de couleur ! Bleu, on s'en serait douté, mais gris… ? Quant à bouboute, personne d'autre que ma sœur et moi ne connaît le mot. Quand j'en parle à Jeannine, elle hausse les épaules : « Tu veux dire la zézette ? — La foufoune, rectifie Corinne. — La minette, dit Ginette. La toutoune. » On dirait que personne n'a le même mot pour désigner le truc, pas plus que l'absence de truc. Plus tard, après avoir lu le mot « sexe » sur un formulaire laissé par mon père sur la table du salon – il a coché « masculin », au-dessus de « féminin » –, je cherche moi-même dans le dictionnaire. Le mot « sexe » est à rapprocher, m'explique-t-on, du latin *secare*, qui veut dire « couper » et qui a donné entre autres les verbes « scier », « sectionner » et le mot « sécateur ». Ah voilà, tout s'éclaire : on a sexe-tionné le zizi des garçons pour en faire des filles. Mais où, mais quand ? Ça a dû faire affreusement mal, ça a dû saigner pire qu'un genou quand on tombe de vélo, même s'il n'en reste qu'une petite cicatrice, une mince fente entre les cuisses, mais j'ai beau faire, je ne m'en souviens pas. Et ceux qui l'ont gardé, pourquoi ? Qui a choisi ? Sûrement pas mon père, en tout cas. Une fille, c'est un garçon blessé. Un peu comme Jacques quand il dévisse sa main coupée. De quoi l'a-t-on puni, le garçon fait fille ? Je n'ai pas la réponse, ça me coupe le sifflet. Je ne me rappelle pas avoir jamais été garçon, mais quelque part en moi, profondément, ça ne m'étonne pas. Je me sens garçon, des fois. Pas exactement pareille, mais pas différente, à part le rose et les robes. Ils font les malins, bougent beaucoup, rient fort. Mais moi, tout ce que fait un garçon, à part pipi debout (et encore), je peux le faire. C'est juste que je n'ai pas envie.

Je lis dès que j'ai un moment de solitude, et j'en ai beaucoup. Les histoires me remplissent, je les raconte à ma poupée. Celle que je préfère, c'est *La Petite Princesse.* Elle raconte la vie de Sara, une fillette très jolie et très intelligente élevée dans un riche pensionnat de filles, qui, après la mort de son père, se retrouve orpheline et pauvre. Chassée de l'école où elle était la meilleure élève, elle habite alors une mansarde et mendie pour manger, jusqu'au jour où sa soupente commence à se remplir de beaux meubles, de délicieux repas, tandis qu'un bon feu brûle dans la cheminée sans qu'elle sache comment. Elle ne comprend pas de quelle façon et par qui toutes ces merveilles lui arrivent – par la fenêtre, par les toits ? – et moi non plus. C'est qu'elle a un bienfaiteur, on l'apprend à la fin – un homme, évidemment. La nuit, je fais des rêves de petite princesse. Ou plutôt, je fais toujours le même rêve, je le commence tout éveillée et je le recommence dans mon sommeil. J'habite une maison confortable – pas un château, je suis une princesse roturière – et chaque fois que j'ouvre un placard, une armoire ou le frigo pour en sortir quelque chose, l'objet est aussitôt remplacé par un autre, encore plus beau, plus succulent, plus conforme à mon désir. Chaque nuit, je tournoie dans des robes neuves, je mange des meringues et des bonbons, j'ai des chaussures vernies. Ce rêve accompagne ma première enfance, il conjure l'inquiétude : je ne manque de rien, je suis comblée.

Quand je ne vais pas à l'école, je suis souvent chez ma grand-mère, je n'ai qu'une porte à franchir. Elle reste toujours à la maison le matin, au contraire de sa mère, mon arrière-grand-mère, qui part chaque matin *au magasin.* Elle arrive dès neuf heures dans sa parfumerie, c'est elle la patronne, elle a deux employées dont Renée, qu'elle invite parfois à manger le dimanche. Mémé a les cheveux tout blancs, avec des reflets violets. Personne ne trouve bizarre que de toutes les filles de la maison, sur quatre générations, ce soit la plus vieille qui travaille, la seule qui gagne de l'argent. Mon père n'aime pas beaucoup mémé, ou bien mémé n'aime pas beaucoup papa, je ne sais pas, mais il la cite souvent en exemple quand on est à table, parfois même il fait pleurer maman, surtout quand elle a un nouveau rouge à lèvres. Il nous dit qu'on doit

absolument avoir un métier, Claude et moi, comme mémé ; coiffeuse, maîtresse, infirmière, ce qu'on voudra mais c'est important : qu'on ne s'imagine pas qu'on va se tourner les pouces toute la sainte journée – il regarde maman de biais –, on n'est pas des filles à papa. Maman, oui, si j'ai bien compris. C'est son père, papy Maurice, qui lui a donné l'appartement, la voiture, c'est lui qui lui a acheté son cabinet pour mettre dans sa corbeille de mariage – il a pris le plus petit de Rouen, la clientèle était à créer, mais quand même... Ça s'appelle la dot – j'apprends le mot de la bouche de mamy, je le retrouverai plus tard chez Molière : on donne de l'argent à la fille pour qu'elle trouve plus facilement un mari. « Mais alors, comment on sait si c'est de l'amour ou juste pour la dot, je demande.
— L'un n'empêche pas l'autre », répond mamy. Maman est une fille à papa, comme dans les contes où les pères sont des rois. Claude et moi, quand on se mariera, on n'aura rien du tout, c'est ça la différence. On sera filles à personne. Sans dot. On ne sait pas quel job aura le prince charmant, mais il ne choisira pas la pisseuse qui roupille en attendant qu'il débarque. La belle au bois dormant, foutaises ! Inconnue au bataillon. Gras-du-bide n'aura pas de frigo magique qui s'autoremplit. Compris ? Compris. Promis ? Promis. D'un autre côté, papa profite bien, lui, de l'argent qu'on donne aux filles, donc il n'est pas très logique. Il dit souvent : « L'argent ne fait pas le bonheur mais il y contribue. » Il n'a pas l'air

heureux, pourtant. Nous, on sera aimées pour nous-mêmes, quand on sera grandes. Ou bien on ne le sera jamais ? Ces questions me tourmentent : sans argent, sans amour, comment je vais faire ? Heureusement, il y a les rêves. Et puis d'abord, qu'est-ce qu'il y connaît à notre avenir, papa, enfermé dans le *Nautilus* ?

Comme mon grand-père n'est jamais là non plus – il a une usine qui fabrique du plastique et mange le temps, et puis il dirige le club de rugby –, la maison nous appartient, à nous les filles. Ma grand-mère a un programme quotidien très réglé. Chaque jour, après le petit déjeuner, elle fait le ménage, passant de pièce en pièce avec son plumeau et son chiffon orange. Elle pourrait avoir une bonne mais alors qu'est-ce qu'elle ferait, le matin ? J'admire sa précision, sa régularité me fascine autant qu'elle me fait peur : est-ce que je devrai faire la même chose, quand je serai grande ? Répéter les mêmes gestes à l'infini, recommencer sans cesse pendant que dehors la vie va ? La routine de ma grand-mère est réconfortante, elle sait ce qu'elle a à faire, elle en voit les bienfaits, et moi aussi. Tout est propre, net, comme renouvelé chaque jour, neuf. Elle traque la poussière que nous allons tous devenir – c'est le pasteur qui nous l'a lu au catéchisme : « Tu es poussière, et tu retourneras à la poussière. » Personne n'y échappe, a-t-il dit, mais ma grand-mère essaie. Elle balaie la mort d'un geste de la main, dégomme tous les cadavres qui se déposent en haut des armoires. Elle entretient la vie. D'un autre côté, me dis-je avec angoisse, ça s'arrêtera avec sa mort à elle. Qui d'autre poursuivra sa tâche impossible ? Je n'ai pas envie de prendre le relais. Elle ne me demande d'ailleurs jamais de l'aider, elle ne m'initie pas au ménage. Les princesses ont un autre destin, dehors, comme les hommes. Alors, je la suis en lui racontant des histoires, elle aime bien, même si parfois elle me dit que je suis bien une fille, *une vraie pipelette.* Quand j'en ai assez, je repasse la porte de communication et je retrouve maman. Elle fait le ménage aussi, mais moins, elle ne va pas dans les coins, elle a vingt-huit ans, la vraie vie est ailleurs. Elle met en route une blanquette ou une tarte aux pommes, vers onze heures souvent elle mange une tranche de saucisson avec un verre de vin – un coup de rouge, elle dit. Elle attend qu'André l'appelle entre deux visites – il est agent immobilier –, il le fait de chez un client pour que sa femme ne l'entende pas, explique-t-elle à mamy qui la rejoint après avoir fait sa toilette, c'est un peu frustrant, dit-elle, parce qu'il ne peut pas lui parler d'amour. Alors elle met des disques sur le pick-up bien que papa n'aime pas qu'on s'en serve en son absence, il dit qu'on va le casser. Elle danse le twist sur Petula Clark et nous entraîne à sa suite, Claude et moi, tandis que mamy, assise au bord d'un fauteuil rose, nous regarde avec indulgence, ou joie, ou peut-être l'envie de nous rejoindre – elle n'a que quarante-huit ans, après tout. Maman écoute aussi Sacha Distel et Richard Anthony, *comment puis-je vivre dans un monde où tu n'es pas, je t'aime, je t'aime bien plus que tu crois, et jamais je ne vivrai sans toi,* et là, en général, elle recommence à parler d'André et de papa, elle dit des choses pas gentilles en l'appelant Matthieu, Matthieu est radin, Matthieu ne lui adresse pas la parole, Matthieu n'est pas une affaire au…, parfois mamy lui fait les gros yeux, pas devant les filles, mais maman continue, elle doit penser qu'on ne sait pas que papa s'appelle Matthieu, elle nous prend un peu pour des billes. Il y a aussi une chanson que je déteste. Le refrain ânonne : *Vous permettez, monsieur, que j'emprunte votre fille ?* Je trouve les paroles idiotes, on n'emprunte pas une fille comme on emprunte un livre à la bibliothèque parce qu'une fille, ce n'est pas une chose, et puis aussi une fille, on ne la rend pas, on la garde – enfin, dans les contes c'est comme ça. Le chanteur s'appelle Adamo, ce qui signifie Adam en italien. Eh bien, le premier homme, il a l'air cruche, je te ferai dire.

Quand je ne lis pas, je joue à la poupée. Je promène dans toutes les pièces son landau à roulettes. Bella est blonde, elle a les yeux bleus, on a vraiment un air de famille, elle et moi. Son anniversaire tombe le même jour que le mien, je lui offre toujours une robe ou des barrettes pour ses cheveux bouclés. Un jour, les parents vont en visite chez André et sa femme, qui ont deux enfants à peu près de notre âge, explique maman – « une fille et un garçon », précise-t-elle d'un ton un peu triste. J'emmène Bella avec moi. Christiane a dix ans, l'âge de Claude, et Gilbert est plus petit que moi, il faut encore l'aider pour aller aux cabinets – on y va toutes ensemble, les trois filles, on rigole et lui devient tout rouge. Il a un garage avec un ascenseur pour les voitures et un toboggan en spirale, il n'aime pas trop qu'on fasse dégringoler à toute allure sa Simca 1000 verte mais Claude le fait à chaque fois. Christiane a des poupées bien plus belles que la mienne, qui parlent, bougent les bras – il y en a même une qui fait pipi si on lui donne un biberon d'eau. La chose bizarre, c'est qu'elle n'a pas le droit de les avoir avec elle tout le temps. Elle doit demander la permission à sa mère, qui dit oui ou non. Si elle dit oui (en général, quand on est là, elle dit oui), elle ouvre la porte d'une armoire avec une grosse clef et dedans, c'est Noël : des poupées merveilleuses, dressées toutes droites sur les étagères, d'autres plus petites dans une maison avec de jolis meubles, des miroirs roses, des vases, des brosses à cheveux et des bijoux un peu comme dans mon rêve. La maman de Christiane sort alors une des poupées, une seule à la fois, et nous pouvons jouer avec pendant une ou deux heures, après quoi elle retourne au placard. Christiane est triste mais sa maman reste implacable, « il ne faut pas les abîmer ». Gilbert, lui, a son ballon, ses voitures, ses Lego et même son tricycle à disposition dans sa chambre, parce que « c'est plus solide ». Les filles sont comme les poupées, fragiles, avec leurs robes dans les mollets, et elles ne doivent pas se salir. Un autre truc que j'ai remarqué, d'ailleurs, c'est que quand Gilbert pète, les parents rigolent, alors que si c'est nous, ils nous disent qu'on est sales et qu'on doit se retenir. Les filles, c'est salissant. Nous allons chez André et sa femme presque chaque week-end désormais. Leur maison est dans la campagne à un quart d'heure de Rouen. Quand les poupées de Christiane sont enfermées, on promène la mienne qui sourit à sa chance ou bien on joue à la marchande avec les pots de confitures de mirabelles du jardin. Quelquefois Gilbert fait le client, il nous paie en billets de Monopoly qu'il sort par liasses. Un dimanche avant les vacances, j'oublie Bella dans la chambre de Christiane. Je pleurniche au fond de la voiture mais papa refuse de faire demi-tour pour aller la chercher, je la retrouverai, quinze jours ça passe vite. Quand nous y retournons, je cherche aussitôt Bella dans toutes les pièces. Je ne la trouve pas. La maman de Christiane a dû la ranger dans l'armoire avec les autres. « Non », dit-elle tranquillement. Elle l'a donnée au Secours catholique, ils ont besoin de jouets pour les pauvres. Il faut apprendre à partager. Maman ne dit rien, elle regarde André. Papa a l'air embêté, en plus il est protestant, mais il ne dit rien non plus. « Pourquoi elle a pas donné les jouets de Gilbert à la place ? » demande Claude. Oh, comme j'aime ma sœur, parfois ! La méchante maman de Christiane se tourne vers moi : « Tu n'avais qu'à mieux t'en occuper, de ta poupée. Tu l'as abandonnée. C'est ta faute. »

Au retour, je pleure tellement dans la voiture que maman me dit : « Allez, ne pleure plus. On va t'en acheter une autre. — Acheter, toujours acheter, s'énerve papa. Sylvie n'a pas tort : nos filles ne sont pas partageuses. » Maman se tait, elle-même en a déjà plus qu'assez de partager André. Je redouble de pleurs, je ne veux pas d'une autre, moi c'est Bella que je veux. Dans longtemps, je les retrouverai, ces mots, et la petite fille en larmes au fond de la voiture, à qui on a pris son poupon. À sept ans ou jamais, ce n'est pas d'apprendre à partager qui est difficile. C'est d'apprendre à perdre. On dirait que les filles sont plus tôt contraintes à la tâche ingrate, s'y attellent plus souvent et y arrivent moins bien. La mélancolie leur fait de grands signes. Peut-être refusent-elles qu'on leur impose la défaite. Peut-être refusons-nous que ce soit perdu d'avance, même quand nous le savons.

Le jeudi, il n'y a pas école. Comme maman n'a pas tellement envie de nous emmener au club de tennis avec elle et que, d'autre part, je sais que la petite princesse, avant d'être orpheline, faisait de la danse, elle nous inscrit au cours Martinet, le plus réputé de Rouen. Les leçons sont difficiles, il faut répéter sans cesse les mêmes pas, rectifier ses positions. « Quatrième, j'ai dit quatrième », articule le professeur, sa baguette à la main qui dénonce un bras mal arrondi, un pied en dedans, un genou trop raide. Je suis gracieuse et je me tiens bien, je défile sérieuse comme un pape avec le *Larousse illustré* sur la tête, les yeux fixés sur mes yeux dans le miroir, le menton immuable, « im-mu-able », dit M. Martinet, je cultive un port de petite princesse qui va surtout me servir, dans la cour de l'école, à me faire traiter de pimbêche. Claude, elle, est plus physique, elle fait le pont et la roue et rit quand je m'écrase par terre, entraînée par le poids de mon groc. « Claude a la souplesse, Laurence la grâce », explique à ma grand-mère le professeur Martinet, qui veut nous présenter à l'Opéra de Paris. « À vous deux, vous feriez une parfaite danseuse étoile », plaisante mon grand-père à qui on a répété le compliment. L'Opéra de Paris ? Je rêve d'y aller, mais sans ma sœur, seulement avec ma mère et ma grand-mère. Enfin j'en rêve mais en même temps j'ai peur d'y aller. Papa ne veut pas qu'on ait la télévision, mais chez mes grands-parents j'ai pu voir presque tous les épisodes de *L'Âge heureux* en cachette. C'est un feuilleton sur les petits rats de l'Opéra, ça finit bien mais qu'est-ce que les filles sont méchantes entre elles, jalouses et tout ! Il y en a une qui est prête aux pires coups bas pour avoir le meilleur rôle. C'est un peu la base de toutes les histoires de filles, d'ailleurs, quand on y pense, sans parler des histoires de sœurs. Il y a toujours une sorcière dans le lot, ou une sœur qui vomit des serpents.

À propos d'histoires, mémé a découvert que si

son gendre, mon papy Maurice, rentrait si tard à la maison, ce n'était pas seulement pour discuter avec son comptable ou remonter les bretelles à ses demis de mêlée. Elle finit par en informer mamy car elle a mené sa petite enquête : il s'agit d'une grosse blonde qui vient parfois lui acheter de la poudre de riz au magasin. Elle a vu papy Maurice qui dînait avec elle à la brasserie de la gare, puis ils sont partis ensemble dans sa DS. Il paraît qu'elle essaie de se faire payer un bar-tabac, c'est pourquoi mémé a décidé de prévenir sa fille. Mamy pose des questions d'une voix changée, « est-ce qu'elle est jolie, elle a quel âge, elle est célibataire, tu crois qu'il l'aime ? » Mémé dit qu'elle est vulgaire avec ses cheveux filasse et qu'elle n'en veut qu'à l'argent de Maurice. « C'est une sauteuse, une traînée, une gourgandine » – mémé aligne des mots que je ne connais pas, j'irai chercher dans le dictionnaire dès que je pourrai sortir sans être vue de derrière le canapé où je suis cachée avec ma Barbie –, « une catin, une morue, une grue, une moins-que-rien », et comme mamy pleurniche sans paraître comprendre si la menace est sérieuse, si son mari va demander le divorce, mémé hausse les épaules et conclut : « Mais enfin qu'est-ce que tu racontes : puisque je te dis que c'est une fille. »

Au cours Martinet, les filles, elles, sont plutôt gentilles, même si elles quémandent des compliments et se sourient dans les glaces en prenant des poses. Je le fais aussi, remarque, parce que je suis folle de mon tutu rose pâle, le tulle est vraiment très joli, comme un chapeau de fée, et doux le satin des demi-pointes (ma Barbie a le même, elle est beaucoup plus belle que moi, sans l'ombre d'un groc). Et puis il y a Julien. C'est le seul garçon, et les mamans qui assistent au cours le regardent bizarrement. Il est timide, tout fluet dans son justaucorps et ses collants gris où affleure un minuscule relief que M. Martinet appelle parfois le point-virgule – encore un autre nom pour leur truc, je note. « Julien, protège ton point-virgule ! » crie-t-il quand nous levons la jambe – et il rit d'un rire qui fait peur. Pas comme l'énorme bosse qu'arborent entre les jambes les danseurs lors du spectacle de fin d'année de la classe adulte, devant laquelle nous restons médusées, Claude et moi, mais il paraît que ce n'est pas leur truc, en vrai, seulement une coque pour protéger leur truc. Les filles, elles, n'ont rien – rien à protéger, on dirait. Leurs seins font des bosses aussi, mais n'ont pas l'air aussi fragiles – elles les protègent avec des soutiens-gorge et on a hâte d'en avoir, même s'il y a du fer dedans, que mémé appelle des « baleines », on se demande pourquoi. Julien ne fait pas exactement les mêmes exercices que nous, le maître explique que dans le ballet classique le garçon est là pour porter la fille, la soutenir, la mettre en valeur, « comme dans la vie », dit-il en tournant vers les mamans son visage grimaçant. Elles sourient. Moi, je ne comprends pas trop comment ce petit bout de Julien pourrait soutenir un gras du bide comme moi mais on verra plus tard. J'ai le ventre en avant, je suis trop cambrée, maman m'emmène voir un médecin puis un kinésithérapeute (j'entends : qui n'hésitera peu – à quoi faire ?), mais M. Martinet ne voit pas le problème, ce qui est gracieux pour la danse s'appelle une lordose pour la science, « une ballerine cambrée, c'est très bien », dit-il en jaugeant mon derrière. Un jour, aux vacances de Pâques, devant le car qui nous emmène en colonie, Claude et moi, je vois Julien qui pleure et s'accroche à sa mère en hurlant qu'il ne veut pas y aller. Les autres le regardent chouiner comme une fille en rigolant, sauf moi, d'abord parce que je suis une fille, ensuite parce que je fais exactement comme Julien, je hurle, j'appelle ma mère, je la supplie de me garder mais au-dedans, ma détresse bien cachée à l'intérieur, alors ça ne se voit pas ; Julien joue publiquement la scène qui se joue dans tout mon corps, invisible, secrète – je sais (j'ai déjà essayé) que ça ne servirait à rien qu'à énerver maman qui a hâte de voir le car nous emporter pour deux semaines – deux belles semaines sans nous, deux longues semaines sans elle. Un moniteur hisse Julien dans le car presque de force, il se débat puis écrase son nez sur la vitre qui ruisselle de ses larmes. Je l'admire d'avoir le courage que je n'ai pas, celui de montrer ses sentiments, et en même temps je le méprise, je ne sais pas trop. Ses pleurs me distraient des miens par la question qu'ils me posent à propos des garçons : seraient-ils donc sensibles, malgré ce qu'on entend dire ? Y aurait-il des garçons pour qui l'amour compte plus que la fierté d'être un garçon ? La question me taraude si bien qu'au retour des vacances je raconte la scène des larmes pendant le déjeuner, où nous avons le droit parce que papa est progressiste, il trouve normal que les enfants parlent à table. Il doit savoir des choses sur les garçons, lui. Maman avait remarqué les larmes de Julien le jour du départ, elle s'en souvient très bien, « ah les fils avec leur mère, soupire-t-elle, c'est quelque chose... ». Elle ne peut pas vraiment le savoir mais visiblement elle l'imagine. « Et il fait de la danse avec vous ? commente mon père distraitement en épluchant une orange. Eh bien, ça va devenir une pédale, ça... » Je suis assise en face de lui, j'écarquille les yeux. Une pédale ? Quel rapport avec le vélo ? « Je veux dire, ça m'a tout l'air d'être une future tata... » Une tata ? Quel rapport avec les cousins ? « Non, une tata, ça veut juste dire quelqu'un d'efféminé. » Efféminé ? Je suis avide de vocabulaire. « Efféminé, c'est qui se comporte comme une femme », explique mon père, toujours content de m'apprendre quelque chose. Je hoche la tête pour montrer que j'ai compris : « comme une femme », ça n'est pas positif. Ensuite, je n'ai guère le temps d'étudier plus avant les manières de Julien, ni de les comparer à celles de tata Simone. En effet, un jour que Claude prend sa douche, maman remarque les grandes zébrures rouges qui marquent ses cuisses. C'est la badine dont M. Martinet, le bien nommé, use et abuse sur Claude la rebelle quand elle n'obéit pas à ses ordres. Maman ne sait pas trop si c'est normal (il faut souffrir pour être belle) ou si les sévices corporels outrepassent les privilèges du maître. Qu'en pense Matthieu ? Matthieu pense que la blanquette est trop salée et que nous devons arrêter la danse tout de suite, ce type est un pervers sadique. Matthieu a surtout à cœur que ses filles ne soient pas des tatas, d'après moi. La danse, c'est efféminé. Le piano aussi, sûrement, puisqu'il ne veut pas non plus que je l'apprenne. Il y a eu un concert, à l'école, et j'en suis revenue tout émue, pressée de savoir jouer comme le monsieur ; il fermait les yeux, par moments, en secouant ses cheveux bouclés, la musique semblait le bouleverser – une tata, lui aussi, sans aucun doute. Pourtant, papa écoute souvent de la musique de ce genre, le soir, quand on est couchées. Du piano, de l'orgue, des choses tristes. Enfin bon, ce n'est pas pareil, papa n'est pas une tata. Quand il n'écoute pas de musique, il lit des romans policiers avec des filles en maillot de bain, une cible sur le ventre et des titres rigolos : *Pas de nanas à Panamá, Grabuge à Zanzibar, La Panthère bulgare.* Parfois il les passe à mon grand-père. Mon papy non plus n'est pas efféminé. Quand il était jeune, il a joué dans l'équipe de France de rugby, et même il a été international, sur les photos il pose accroupi, une main sur le ballon ovale, il a de jolies mains fines, pas comme les piliers qui ont des cuisses énormes et des mâchoires d'animaux, mais je ne le dis pas. Maintenant il dirige le club de Rouen. Quand il y a le Tournoi des Cinq Nations à la télévision, il s'enferme dans le salon avec une dizaine d'anciens joueurs. Ma grand-mère y introduit précautionneusement un plateau chargé de bières et ressort aussitôt. À intervalles irréguliers, des hurlements s'échappent de la pièce enfumée, des protestations furieuses ou des cris de joie, des grognements ; à travers le verre dépoli de la porte, je vois des ombres se détendre brusquement, jaillir des fauteuils, lever les bras, siffler des bouteilles au goulot. Quelquefois, du verre est cassé, le tapis sera taché. Mémé, du fond de la cuisine, bougonne alors des phrases pas gentilles. Je reste interdite dans le couloir. « N'entre pas, surtout », me dit ma grand-mère. Je n'en ai pas du tout envie.

Quoi qu'il en soit, ma carrière artistique se réduit vers l'âge de huit ans : ni danse ni piano, mais j'ai toujours le droit de lire. Pas de bandes dessinées, toutefois, sauf *Astérix*, pour le latin, *Lucky Luke* parce qu'un cow-boy n'est pas une tata, et *Tintin*, qui est déjà un classique – en y réfléchissant, il aurait bien un petit côté tata, mais il y a le capitaine Haddock qui boit beaucoup de whisky, et ça c'est un homme. Claude, elle, s'en fiche d'arrêter la danse, elle préfère le théâtre. À Noël, elle commande une panoplie de Thierry la Fronde et moi j'ai un costume d'Isabelle ; elle nous met en scène dans des épisodes où elle me tire d'affaire *in extremis* et se laisse embrasser la joue d'un air supérieur en rajustant sur mes nattes blondes ma perruque de nattes blondes. Jean-Claude Drouot est beau dans ses collants très serrés, et ma sœur aussi, même si elle, elle n'a rien entre les jambes. Parfois, pour l'embêter je chante : « *Thierry la Fronde est un imbécile, avec sa fronde en matière plastique, qu'il a achetée au Prisunic, quatre cents balles, quatre cents balles.* » Quand je suis toute seule à la maison, je remets avec tristesse mes collants de danse roses et j'esquisse des pas devant la glace. Je ne serai jamais danseuse étoile. Cependant, mon goût pour la danse est écorné par le spectacle de l'école qui a lieu à la fin de l'année de CE1. Selon la chorégraphie de la directrice, certaines filles sont déguisées en fleurs, elles ont des robes en corolles roses, d'autres, comme Jeannine et moi, ont des costumes de papillons. Si j'avais eu le choix, j'aurais préféré être une fleur, on est plus jolie et on bouge moins, on s'étire au soleil du matin dans son costume de pétales ; mais enfin je suis assez fière du mien, multicolore et brillant, c'est ma mémé qui l'a cousu dans du satin de vitrine, seules les antennes ont été fabriquées par la maîtresse avec du fil de fer fixé sur nos têtes. Nous papillonnons donc autour des roses, nous nous penchons vers elles puis reprenons nos tourbillons devant tous les parents et tous les enfants de l'école, sous le préau. Soudain, mes antennes et celles de Jeannine s'emmêlent, nous nous démenons, nous arc-boutons pour nous dégager mais rien n'y fait, nos papillons deviennent chèvres tandis que la chorégraphie suit son cours, si bien que la maîtresse finit par nous évacuer en bas de l'estrade où elle nous laisse nous débrouiller sous les sourires des parents et les ricanements des garçons du premier rang. La honte me paralyse, l'humiliation est une découverte, un sentiment dévorant. Les garçons rient et je me sens rien. Ça ne dure pas, mais ça reviendra. Dans mes rêves surviennent des garçons qui ricanent. Je suis là sous leurs yeux, je suis là sous mes yeux, hors de moi-même, je vois la fille se débattre sans secours, tête baissée, agitant les ailes, je la vois se débattre prise au piège, échouer à se dégager, deux fois, trois fois, puis ralentir, puis renoncer. Est-ce là le destin commun des filles et des papillons ?

# 4

Je la vois, dis-je. À travers le temps, je me reconnais en cette enfant comme dans un miroir, mais c'est à une autre que les choses arrivent, sinon je ne peux pas. Elle sort de la baraque aux lapins, elle vient de leur glisser des fanes de carottes à travers le grillage du clapier. Elle porte un short en vichy et une chemisette roses. Je ne sais pas exactement quel âge elle a, je dirais qu'elle va sur ses neuf ans : c'est le premier été à La Chaux sans son papy Maurice, et cela n'aurait pas pu avoir lieu avant, quand il était vivant, personne n'aurait osé. Ce n'est pas arrivé plus tard non plus parce que l'année de ses dix ans elle sera tout le temps malade, c'est l'année où sa peau se plaint, où son corps porte plainte.

Lui, c'est le frère aîné de son grand-père, il s'appelle Félix, elle l'appelle tonton comme le fait sa mère. Elle ne le voit que pendant les grandes vacances à La Chaux, où tout le monde se retrouve, petits et grands : c'est « le berceau de la famille », disent-ils, et chaque fois elle les imagine tous, elle au milieu, serrés dans un landau comme ses poupées. Elle n'aime pas beaucoup ce tonton, il a un drôle d'air. Mais il vient jouer à la belote le soir ; blottie au fond de son lit, elle les entend tard dans la nuit, les grands, ils rient ou crient sous la lampe de la cuisine, elle peut les voir par la fente du chambranle mal joint ; quand sa mère est là, elle gagne toujours, elle est forte aux cartes. Et puis il leur apporte des courgettes et des laitues de son potager.

Il lui fait signe de venir près des salades, justement, il va lui en donner une pour la Marcelle. Elle sait qu'il ne faut pas dire la Marcelle, que c'est du mauvais français, mais elle ne va jamais le dire au tonton, ça le vexerait. Marcelle, c'est sa grand-mère. Depuis qu'elle est veuve, elle est en noir, elle ne sourit pas et ne mange pas grand-chose. « Viens donc, Lolo », dit-il. Il est en bleu de travail, il a des bottes en caoutchouc et de la terre sur les mains, il tient une bêche. Elle remet le clapet de la cabane aux lapins, s'approche. Il lui dit de choisir la salade, elle montre du doigt la plus belle, celle qui n'a pas été mangée par les limaces. Il est derrière elle. Il plante sa bêche à dix centimètres de son pied, le manche la dépasse, elle pense à la baguette que son grand-père avait taillée, sur laquelle il faisait chaque été des encoches pour voir de combien elle avait grandi. Il touche ses fesses, elle veut se retourner, est-ce que lui aussi veut se moquer d'elle, est-ce qu'il sait que Claude l'appelle Groc ? Mais elle ne peut pas, il la tient d'une main serrée sur la nuque comme Thérèse quand elle dépouille un lapin, de l'autre elle tire sur la peau, le sang se mêle à la fourrure. Il la pousse le nez contre le mur de l'appentis, la poigne est toujours sur sa nuque, l'autre main déboutonne son short et passe sous sa culotte, il dit « Tiens, tu n'as pas encore de poils », enfonce les doigts entre ses jambes qu'il force à s'ouvrir, « ça va venir », elle est déséquilibrée, elle tomberait s'il ne la tenait pas, « tu aimes ça, hein, tu aimes bien ça, toutes les filles aiment ça », il pousse contre ses fesses en grognant, elle sent sur son dos le couteau qu'a Thérèse pour dépecer les lapins, un tracteur amorce le virage en bas de la route, les doigts se crispent entre ses cuisses et lui font mal, se retirent brutalement, referment un bouton. Sa main terreuse est couverte de taches marron. Il la hisse au sommet du mur en construction.

« Attends-moi là. »

Son cœur bat comme celui du lapin avant de mourir, on dirait qu'il veut crever la peau tiède.

Elle attend.

Il ne faut pas désobéir au tonton.

Il serait triste.

Il serait en colère.

Le mur est haut.

Elle attend.

Il revient, elle n'a pas bougé. Ses mollets tremblent au soleil. Il va aller boire le café chez la Thérèse, il l'emmène, allez viens. Il la soulève et la pose par terre comme on enfonce une bêche. Elle se met en route à côté de lui. Ses jambes la portent. À la ferme, avec Thérèse, elle ne risque rien.

Thérèse est debout dans la pièce commune, elle fait chauffer la cafetière sur le grand poêle à bois. Roger, son mari, vient de garer le tracteur dans la remise et s'assoit lourdement sur le banc. Sa salopette est pleine de purin séché. Il a les joues violacées et la regarde par en dessous sans sourire. « Ah ! Lolo, te vlà donc avec le Félix ! dit Thérèse. Vous venez-t-i prendre la goutte ? » Elle rit, il lui manque des dents. Il y a aussi Nicolas, le fils aîné, avec sa femme, qui aide à l'étable et n'aime pas que les enfants viennent regarder les vaches pendant la traite.

Elle veut rejoindre Thérèse près du feu, elle la voit moins depuis qu'elle a eu « la totale » – elle ne sait pas ce que c'est que cette maladie, mais c'est ce qui fait que les vaches restent au pré du bas, maintenant. Elle n'a pas le temps de contourner la table, le tonton la tire par le bras, la fait asseoir à côté de lui sur le banc en face des autres et remet sa main profond dans sa culotte, entre ses cuisses, il s'installe. Les autres se figent et regardent tous la main enfoncée, puis elle, au visage. Elle n'ose pas bouger. Si les grands ne disent rien, alors tout est normal. La salade est posée devant elle sur la table, il y a de la terre dessus. Le tonton Félix boit son café tranquillement, se verse une goutte de gnôle dedans, de la main gauche, tandis que la droite fourrage dans son short comme si c'était sa poche. Les grands ne font pas attention à lui, ils la dévisagent, elle. Petite vicieuse, disent leurs yeux. Même ceux de Thérèse ont un éclat différent, elle a un air méchant qu'elle ne lui a jamais vu, comme sa bru qui sourit en tordant la bouche. Ils la jugent mal, elle le voit bien. Mais si c'est mal, pourquoi ne disent-ils rien ? Elle ne sait plus à qui sourire. Balto vient la flairer aux genoux, tire sur ses lacets. S'évanouir, c'est ça qui la sauverait. Mais non. L'après-midi continue. Elle est une poupée molle assise sur un banc, une main s'agite dans sa culotte devant tout le monde. La honte sent le café. La peur pue le chien. À la fin, sur le pas de la porte, il la renvoie en lui donnant une tape sur les fesses, « allez file, rentre chez toi maintenant », du ton de quelqu'un qu'elle a assez dérangé. Thérèse essuie la toile cirée sans lever les yeux. Roger remet sa casquette sur ses cheveux gris, il regarde les boutons de sa braguette en se massant la nuque. En rentrant chez sa grand-mère, elle marche exprès dans les orties, elle saute dedans, piétine la salade d'où gicle un sang vert.

Elle ne veut plus mettre de short, elle ne va plus voir les lapins, elle n'a plus envie de manger de légumes, on la gronde. Un matin, elle entre dans la chambre de sa grand-mère et lui raconte tout. Sa grand-mère s'arrête de balayer, s'accroupit à sa hauteur et lui dit en la tenant aux épaules : « Ce que tu viens de me dire, surtout ne le répète jamais. Tu m'entends ? Jamais. » Le gros édredon jaune sur le lit est tiré à quatre épingles, pas un pli, elle a dû y passer du temps. Les meubles en bois brillent, on se voit dedans. Le mot jamais est lourd comme l'armoire à linge. Elle se remet à la serpillière, elle frotte, elle frotte, elle va venir à bout de toute cette crasse.

Le soir, il n'y a pas belote. Maman est là, et mamy, et mémé. Dans la cuisine, autour de la table, s'assoient aussi Luce, une vieille cousine de sa mamy qui habite en bas du village, et puis tata Berthe, une des sœurs de son papy (et du tonton, du coup, comprend-elle soudain), une tata pas du tout efféminée, elle a même de la moustache. Ça s'appelle un conseil de famille – c'est plutôt un conseil de filles, se dit-elle, vu que son père est à Rouen, il ne descend jamais à La Chaux. Sa grand-mère a dû déjà résumer la situation car personne ne lui fait raconter à nouveau ce qui s'est passé. On dirait que c'est arrivé à la famille, que c'est un truc embêtant pour la famille, pas à elle, pas pour elle. Sa mère lui a juste demandé si elle avait mal, si elle avait saigné, mais sans chercher à s'en assurer. Elle n'a pas l'air inquiète, elle a l'air habituée. « Il ne serait jamais allé jusqu'au bout », dit la tata Berthe en pinçant le nez vers sa petite-nièce. Elle la regarde comme si elle cherchait à évaluer ce qu'il y a sous sa chemise de nuit à fleurs rose, elle a les mêmes yeux méchants que Thérèse l'autre jour. Claude est partie de la cuisine dès qu'elle a compris qu'il s'agissait de Groc, elle joue dans la chambre en chantonnant, on entend le bruit des osselets qui s'entrechoquent, parfois elle les lance avec force sur le plancher, « moins de bruit, Claude, crie maman, on ne s'entend plus ! ». « Bien sûr qu'il ne va pas jusqu'au bout » (*le bout de quoi ?*), dit sa grand-mère. « C'est du tripotage. N'empêche : il faut que ça s'arrête. — C'est à cause de sa femme, dit la cousine, c'est depuis que la Jocelyne a eu la totale » (la totale ? comme Thérèse ? « C'est quoi, mémé, la totale ? » chuchote-t-elle à sa mémé qui tricote et n'a pas encore ouvert la bouche. « C'est quand on t'enlève tout », répond celle-ci – geste vague du côté du bas-ventre. Elle serre sa chemise de nuit entre ses cuisses, elle a envie de vomir. « Mais pas toi, voyons, bêta, ajoute sa mémé en lui tapotant le bras. Les vieilles. ») « Depuis son opération, elle ne veut plus entendre parler de rien, avec son mari c'est l'auberge du cul tourné tous les soirs, alors forcément, il est frustré. Les hommes, c'est des pulsions, on n'y peut rien. Il leur faut la bagatelle. — Bon, qu'est-ce qu'on fait, alors ? — Je vais parler discrètement à mon frère, dit Berthe, je vais lui dire d'arrêter. Et toi, Lolo, pas un mot, tu as compris ? Le linge sale se lave en famille. Tu oublies, d'accord ? Motus et bouche cousue, tout le monde. Si ma belle-sœur l'apprenait, ce serait terrible pour elle, la pauvre… Elle n'a pas mérité ça. »

Sa maman la raccompagne dans sa chambre,

la borde dans son lit, l'embrasse longuement sur le front. « Ça va aller, ma chérie. Endors-toi maintenant. — Et le couteau, maman, vous avez pas parlé de son couteau. S'il sait que je l'ai dénoncé, il va jamais s'en servir ? — Ce n'était pas un couteau, ne t'inquiète pas, tu ne risques rien, ma Lolo. La seule chose que tu dois faire maintenant, c'est d'éviter le tonton. Dès que tu le vois, tu vas ailleurs, c'est tout. Comme ça, il te laissera tranquille. Et tata Jocelyne n'en saura rien. »

Elle dit oui, d'accord maman, les yeux fermés sous le baiser. « Alors, t'as fait ton intéressante ? dit Claude dès que la lumière est éteinte. Moi aussi il m'a déjà pelotée, le tonton, et j'en ai pas fait toute une histoire. C'est juste un vieux dégoûtant. T'as même pas de seins, en plus. »

Elle s'endort mal. C'était quoi, si c'était pas un couteau ? Elle voit des bouboutes sanglantes opérées par des chirurgiens, leurs mains sont couvertes de taches brunes, elles tiennent une aiguille et un fil qui s'enfoncent dans la chair des lèvres qu'elles cousent. Elle repense à ce qu'a dit la tante Berthe, *on lave le linge sale en famille.* Drôle d'expression. Cette nuit-là, des lavandières moustachues tapent avec des battoirs sur des pantalons pleins de purin.

Les jours suivants, les femmes jouent au scrabble dans la cuisine en buvant de la verveine. Elle perçoit leurs chuchotements à travers la cloison. Elle lit *Fantômette,* l'histoire d'une fille maligne qui résout tout. Puis un soir, alors qu'elle est déjà couchée, lumière éteinte, elle entend avec effroi le rire de l'oncle Félix, « et dix de der ! » crie-t-il. Le lendemain, il y a une bouteille de Pernod sur la table. Les cartes, c'est plus marrant que le scrabble. Mais il faut être quatre pour la belote, c'est pour ça, on ne peut pas se passer de lui.

Son père n'est pas au courant et, de retour à Rouen, personne ne lui raconte l'histoire, on n'y pense même pas. Chez sa grand-mère, elle retourne s'asseoir dans le fauteuil de son papy, devant la télé. Pourquoi est-ce lui qui est mort, et pas le tonton, qui est pourtant plus vieux ? Sa grand-mère dit qu'il a fait un quatrième infarctus parce qu'il a tenu à porter l'énorme valise d'une dame, à la gare. Après trois alertes cardiaques, à soixante-trois ans il a voulu faire le joli cœur, « et voilà, il m'a laissée toute seule. Dès qu'y a un jupon qui passe, y a plus personne. Ce que c'est bête, un homme », dit-elle en chevrotant.

## 5

Le prince charmant disparaît des rêves, la maison magique aussi. Ses nuits se peuplent d'insectes, pullulent de blattes et d'araignées qui s'insinuent partout. Son corps est plein de trous par où le pénétrer, ses cauchemars grouillent. Dans le *France Dimanche* de sa mémé, elle lit l'histoire d'une femme qui avait mal à la tête depuis des années, et à la radio ils ont fini par découvrir un perce-oreille qui lui mangeait les sinus : il avait dû entrer par une narine pendant une sieste à la campagne, explique l'article. Cette phrase la hante. Toutes les nuits, dans le noir, elle s'entraîne à pincer le nez, à fermer les lèvres, à serrer fort les cuisses, les fesses : que rien ne puisse pénétrer en elle, l'idée l'obsède. Un jour, elle trouve une petite souris morte noyée dans l'eau des toilettes. Désormais, elle n'entre plus aux cabinets sans un livre, qu'elle agite fébrilement sur le pourtour de la cuvette pour chasser tout ce qui vole, bouge, rampe, s'infiltre. Assise sur la lunette, elle s'imagine par en dessous, de ses propres yeux flottant sur l'eau elle se voit trous béants, sa peur est à hurler, mais bouche cousue. Bientôt, il faut la traiter pour une constipation rebelle, c'est le mot écrit sur la notice, rebelle – pour une fois, il s'agit d'elle, pas de Claude. Le remède est pire que le mal, suppositoires, poires à lavement… Elle rêve de bouchons qui bloquent toutes les entrées, toutes les issues : son corps n'est pas un lieu de passage. On ne passe pas.

Elle n'aime plus les chemises de nuit, emprunte les pyjamas de Claude, n'enlève jamais sa culotte ; elle ne se lave plus, fait semblant de prendre une douche en actionnant le robinet, tout habillée au bord du bac. Elle mange sans desserrer les dents, en mettant la main devant sa bouche. Elle se brosse bien les dents pour ne pas avoir de caries, elle ne veut plus aller chez le dentiste, béer devant le Dr Galiot. Elle n'aime plus se promener, ne se roule plus dans l'herbe, connaît tous les dangers des insectes. « Les petites bêtes ne mangent pas les grosses », dit mémé. Non, mais c'est plus insidieux : les tiques vous entrent dans la peau et creusent vos nerfs jusqu'à la paralysie (elle l'a vu à La Chaux, une fois, la mère de Balto en est morte), les guêpes, si vous les avalez par mégarde en buvant, vous piquent à l'intérieur et vous tuent, les fourmis même vous colonisent et vous dévorent, vous creusent jusqu'à faire de vous une outre vide, un ballon crevé. Impénétrable, voilà ce qu'elle va être.

L'hiver suivant, elle a un gros bouton en haut de la cuisse, sous l'élastique de la culotte. Elle attend d'avoir très mal pour le dire à sa mère, et il faut opérer de toute urgence le furoncle infecté dont la tête enflammée suinte. C'est son père qui le fait puisqu'il est médecin. Les mains entre ses cuisses, il incise avec un scalpel le bouton engorgé d'où s'écoule un pus blanc. Sa mère lui bloque les deux bras pour qu'elle ne bouge pas. Elle geint. « Ça va aller, ma poulette, c'est juste un mauvais moment à passer. » Son père la dispute : c'est dangereux, un furoncle, elle aurait pu en mourir, pourquoi n'a-t-elle rien dit ? Elle pleure. Il pose sur l'aine une compresse de gaze que le sang rougit aussitôt, il la maintient avec une bande, il faut la changer tous les jours. « Alors, t'as tes règles ? » dit Claude qui vient de les avoir.

Gniagniagnia… En attendant, Claude a beau avoir ses règles, elle retombe en enfance. Un jour, on la ramène du collège sur un brancard : elle ne tient plus debout. Au moment de se lever à la fin du cours de français, elle n'a pas pu, ses jambes flageolaient, ne la soutenaient plus, elle s'est effondrée. À treize ans, elle est comme un bébé, il faut la porter dans les bras. Les parents sont inquiets. À peine sortis du furoncle de leur cadette, ils affrontent la paralysie de l'aînée – à se demander d'ailleurs si elle n'a pas choisi son moment pour faire son intéressante, elle aussi, mais bref. C'est difficile d'attirer l'attention des parents : ils sont toujours en train de se disputer, ces temps-ci, ils se disent des choses horribles, ils pensent peut-être que les filles n'ont pas d'oreilles. La maladie de Claude a le mérite de calmer les cris, au moins deux semaines. Ils appellent un spécialiste, Claude passe des examens, « elle n'a rien », dit-il. André dit la même chose à maman, « elle n'a rien, c'est du cinéma pour rater l'école », il ajoute. Mais Claude s'écroule toujours en pleurant dès qu'on essaie de la relever. Ils vont voir le spécialiste des jambes, il fait fabriquer des grosses chaussures affreuses que Claude ne met que trois fois (« J'aurais dû faire orthopédiste », éructe le père en recevant la facture), ça ne sert à rien, elle ne marche pas. Un soir, elle pleure, elle crie qu'elle veut mourir, elle est si malheureuse qu'elle se roule par terre en se griffant les joues. Elle fait promettre à papa de ne plus dire à maman que c'est une bonne à rien ni à elle qu'elle est feignante ; allongée sur le canapé du salon comme un roi mérovingien, elle lui fait jurer un tas de choses, il jure tout ce qu'elle veut, qu'il va mieux s'occuper d'elle, que même si elle ne le croit pas, il l'aime, il l'aime plus que n'importe qui (bon). Alors Claude se lève et retourne à l'école. Pour Noël, il lui achète un Circuit 24. Il monte avec elle sur le tapis du salon la boucle métallique qui imite celle des Vingt-Quatre Heures du Mans et chaque midi, après Le Jeu des 1 000 francs, ils font la course de Formule 1 avec des manettes enragées. Il a une voiture bleue, Claude une rouge. Quelquefois l'un des bolides déraille car le tournant est assez sec ; ils rient avant de remettre ça jusqu'à l'heure de l'école et des visites à domicile. Claude est fière et ne laisse jamais sa place – Groc, pilote de course ? Ah ah ! Elle se rengorge. On dirait que le père lui appartient. Mais en vrai, il recommence vite à crier sur la mère, à sortir le soir sans un mot, il ne tient pas ses promesses. C'était juste pour la faire marcher. Il paraît qu'au XIXe siècle, à l'hôpital de la Salpêtrière à Paris, il y avait des femmes jeunes ou vieilles qui étaient comme Claude, paralysées pour rien, ou bien muettes, ou même aveugles sans aucune raison. On les appelait « les hystériques » – un mot pas joli qui vient d'« utérus ». Elles n'avaient rien, en réalité. Leur problème, c'était ça. Pourquoi elles n'avaient rien là où les garçons avaient quelque chose. Cette différence les dévastait, elles ne marchaient pas dans la combine. Ça leur tordait le corps et le cœur de ne pas savoir pourquoi. Toute l'histoire se trouve dans un livre à la bibliothèque municipale de Rouen mais il ne donne pas la réponse à la question.

On ne s'occupe plus d'elle, en tout cas – à peine son furoncle asséché, Claude a réussi à lui piquer la vedette. Heureusement, il lui reste Jeannine, mais elle ne lui raconte rien, elle a compris qu'il fallait tout garder pour soi, surtout le linge sale, et encore plus celui qu'on n'arrive pas à laver. Maintenant qu'elles sont à la grande école, Jeannine aime bien commenter ce que font les garçons dans la cour des garçons.

Quand ils ne courent pas comme des dératés en faisant semblant de se tirer dessus ou de se battre à l'épée sans épée avec de grands moulinets de bras, ils s'approchent de la barrière qui sépare les deux cours et les interpellent. Jeannine arrête le saut à l'élastique ou la marelle, alors elle aussi, bien obligée. Ils les appellent « les quilles à la vanille », Jeannine leur balance des « gars en chocolat ». Elle reste en retrait, même si elle sait très bien qu'ils la trouvent plus jolie que Jeannine ; en colonie de vacances, l'hiver, il y a toujours des garçons plus grands qui veulent bien lui porter ses skis quand elle peine à monter la pente jusqu'au tire-fesses (elle déteste ce mot). Une fois, un grand d'au moins treize ans lui offre des chocolats Mon Chéri. « Eh bien, dis donc…, dit un moniteur à son collègue. — Oui, reprend l'autre. Dommage qu'elle n'ait que dix ans. — Heureusement, plutôt… », ricane le premier. Elle ne comprend pas bien ce qu'ils racontent, tout en souriant gentiment (toujours sourire, dit mémé), elle se méfie, une peur l'étreint parfois dans le dortoir, quand elle y repense. Quant aux garçons de son âge, ils font n'importe quoi. La seule chose qu'elle leur envie, c'est leurs billes, des agates rouges, bleues, jaunes, qu'elle aimerait faire rouler dans sa main. Mais les filles ne jouent pas aux billes, c'est comme ça. Même son voisin Joël, qu'elle aimait bien, devient méchant ; un jour, dans son jardin, il attrape une grenouille, lui enfile une paille dans le derrière et souffle pour la faire éclater. Quand elle est à moitié morte, il la jette dans une fourmilière. Il ne rit pas, il grimace et son visage est inconnu. Elle se bouche les yeux, elle a froid, se sent grenouille. Aucun crapaud n'est prince, c'est des histoires, tout ça, des contes de bonnes femmes.

Elle travaille très bien à l'école, elle est toujours la première ou la deuxième – elle n'aime pas être la deuxième. À part Jeannine, toutes les filles deviennent des rivales, il s'agit de passer devant. Quand elle a fini un exercice avant les autres, ce qui arrive souvent, elle imagine leurs bouboutes serrées sagement dans leurs culottes, sous les jupes et les tabliers. Elle se représente la rangée de fentes alignées à l'image des chaises et des pupitres troués d'un encrier – on y plonge des plumes Sergent-Major. La répétition ordonnée de ce motif secret caché par l'arrangement des vêtements et mimé par le mobilier la fascine, comme si l'ordinaire monde visible était la représentation d'un monde obscur interdit, qu'elle seule soupçonne. Savoir que les pensées sont aussi invisibles que les sexes lui donne un grand plaisir. Dans la cour, elle repère une toute petite fille blonde qui vient d'arriver en primaire. Elle-même est en CM2, chez les grandes. Elle entraîne Jeannine, un peu réticente (elle préfère mettre à profit la récréation pour se moquer des garçons), à venir avec elle parler à cette petite fille, qui s'appelle Louisette. Elle lui demande d'abord de menues choses – lui apporter un bonbon, lui chanter une chanson, ce que Louisette fait gentiment. Puis elle lui commande de l'attendre à tel endroit de la cour à chaque récréation, lui interdit de jouer avec les autres filles de sa classe, lui ordonne de venir à l'école sans culotte. Elle la menace des pires tortures si celle-ci n'obéit pas ou si elle en parle à quelqu'un. Quelquefois Louisette pleure, c'est bon, ça fait chaud au corps. Un jour, ce n'est pas Louisette qui est au rendez-vous fixé près des toilettes du préau, c'est Mme Tournier, la maîtresse : si elles ne cessent pas immédiatement et définitivement d'embêter Louisette, qui s'est plainte, elles seront renvoyées de l'école, dit-elle. Elles ne doivent plus lui parler ni même l'approcher. C'est compris ? La maîtresse a un visage dur que personne n'a jamais dû voir avant, en tout cas pas elle qui travaille si bien. « Ça ne donne pas tous les droits, dit la maîtresse. Tu devrais avoir honte. » Elle est obligée d'obéir mais la petite fille blonde à tête d'angelot l'obsède longtemps. Elle a envie de l'enchaîner. Elle voudrait la battre pour l'avoir dénoncée. Comme elle doit quitter l'école pour le collège à la fin de l'année, elle calcule dans combien d'années Louisette arrivera elle-même en sixième : alors elle pourra recommencer, la punir ; mais quand ce sera le cas, elle quittera elle-même le collège pour entrer au lycée, dans un autre quartier de la ville. Redoubler une classe, ce sera donc la seule solution pour retrouver son emprise, loin de Mme Tournier.

Pas question de perdre Louisette. Elle redoublera, elle se le promet.

En attendant, elle lit passionnément la comtesse de Ségur – quand la maman dit à Sophie : « Vous êtes une méchante fille », elle a la figure de Mme Tournier. Elle contemple les illustrations de son livre, étudie les scènes de punition, le mouvement des robes retroussées sur les fesses nues, cul par-dessus tête. En classe, elle ne va jamais au piquet mais celles qui y sont suscitent chez elle une espèce d'envie. Le soir, avant de s'endormir, elle se repasse en boucle le jour où Annie, après un zéro en dictée, a dû passer toute la journée, même la récréation, avec un bonnet d'âne sur la tête. Tout le monde la montrait du doigt en riant et elle pleurait, le menton dans le cou. Dès le début du rêve, elle prend la place du cancre, elle déambule dans la rue sous les moqueries, coiffée du bonnet en carton. Mais le rêve qu'elle préfère, elle l'a inventé une nuit. Il a lieu en classe. Le directeur de l'école de garçons remplaçant Mme Tournier malade, exceptionnellement le CM2 est mixte. Aujourd'hui, leçon de choses. D'habitude la leçon de choses porte sur la rosée, la vapeur, la noix ; la semaine dernière, ils ont étudié l'œuf : le jaune, l'albumen, la membrane, la chambre à air. Ce jour-là, elle a pour objet : la fille. M. Brun écrit à la craie, en grosses lettres : LA FILLE. Puis il balaie les élèves du regard et s'arrête sur elle : « Au tableau », lui dit-il. Elle se lève, remonte la rangée de tables. « Enlève ton tablier. » Elle déboutonne sa blouse, les yeux fixés sur ses chaussures. « Remonte ta robe et baisse ta culotte. » Des garçons rient, des filles gloussent. « Allez, plus vite que ça ! Quelle mollassonne », dit le maître en lui baissant brutalement sa culotte jusqu'aux chaussettes. Puis il appuie sur son dos et la plie, la casse en deux sur son bureau, robe par-dessus tête, culotte aux chevilles. Il désigne et énonce le nom des différentes parties visibles, puis invite les élèves à défiler pour voir de plus près les fesses et le trou des fesses qu'il montre de sa baguette. Comme elle pleurniche sous sa robe, « mais tu vas te taire, à la fin », il lui soulève les pieds pour lui retirer complètement sa culotte et la lui met dans la bouche. Ainsi bâillonnée, il la redresse, la retourne et continue la leçon de choses, les garçons refont un tour pour voir l'autre côté, « elle a pas de nénés », dit l'un, « ouais mais elle a un gros cul », dit l'autre, elle bouge et gémit, « tu n'es pas obéissante, observe le maître. Et tu es la première de la classe, il paraît ? » dit-il. Il lui attache les bras au crochet à gauche du tableau, où pendent les cartes de géographie, et lui rabat complètement sa robe sur la figure, elle n'a plus que son tricot de peau, remonté au-dessus du nombril, ses épaules frottent contre la carte de France, elle étouffe. La cloche retentit, « allez, tout le monde dehors ! » crie le maître. Il prend son sifflet, le met dans la poche de sa blouse grise et sort. Elle reste pendue par les bras, sa culotte dans la bouche. C'est en général à ce moment-là que, couchée dans son lit, elle sent une vague puissante lui parcourir les cuisses et le ventre tandis que, dans la seconde suivante, elle s'évanouit, enfin elle n'est plus là. Ça ne dure qu'un instant mais c'est fort, et la honte qui va avec est bonne aussi. C'est en grattant la cicatrice laissée par le furoncle, sous l'élastique de sa culotte, qu'elle a découvert ce plaisir. Cuisses serrées puis ouvertes, elle a mis la main sur une sacrée trouvaille ! Et ça ne rate jamais, pour peu qu'elle fasse revenir l'image, le plan fixe, la bouche bâillonnée par la culotte, le défilé des regards, il y a toujours un moment où ça monte, ça vient, ça explose – le plus souvent, le mot « culotte » suffit. Elle a très mal à la tête parfois, elle se demande si elle va en mourir, mais elle voit bien que non, et elle recommence le lendemain soir, ou la journée parfois, quand elle est seule.

Comme elle partage la chambre avec Claude et que souvent, lumières éteintes, elles se parlent avant de s'endormir, elle essaie d'expliquer à sa grande sœur, maintenant qu'elle remarche, le coup de la leçon de choses : elle a découvert un truc extraordinaire, un genre de grotte d'Ali Baba, une lampe d'Aladin qu'il suffit de frotter, c'est génial, et elle pense que Claude ne la traitera plus comme un bébé quand elle saura. Avant de tout lui révéler du sésame, elle lui fait promettre de n'en parler à personne, surtout pas aux parents. Claude promet. Mais elle n'est pas convaincue par la découverte. « Ça ne me fait rien du tout, dit-elle. — Ah bon ? Essaie encore.

Frotte. — Non. Ça m'énerve. Tu racontes n'importe quoi. C'est quoi d'abord, le rapport avec la leçon de choses ? Tu te prends pour un œuf ? » Elles rigolent dans le noir. « Le principe, c'est que la chose, c'est toi qui l'es, mais le plaisir, c'est aussi toi qui l'as. Tu y arrives ? — Non. Un œuf n'a pas de plaisir, Groc. Allez, bonne nuit, Gras-du-bide. » Elle n'insiste pas. Alors c'est un secret personnel, un don qu'elle seule possède ? Une sorte de retour au rêve de la maison qui comble, mais différemment : les bonbons et les chaussures vernies comptent pour rien quand on a ce plaisir intense qui se renouvelle à volonté tous les jours. Elle serait donc unique, comme fille ?

C'est ce qu'ont l'air de dire les deux dames qui débarquent un soir à la maison juste avant le dîner. Elles sont psychologues et elles font une étude à partir des résultats des tests effectués deux mois plus tôt dans le groupe scolaire Jeanne-d'Arc. Pas gênées, elles demandent à visiter l'appartement, entrent dans « la chambre des filles » – « Donc Laurence n'a pas de chambre individuelle ? » –, la plus jeune prend des notes dans un cahier à spirale. « Est-ce que ce sont les livres de Laurence, là, sur cette étagère ? Elle lit beaucoup ? Elle a eu des maladies ? Des événements familiaux à signaler ? (*non, rien*) Puis-je connaître votre profession, monsieur ? Et vous, madame, vous ne travaillez pas, je suppose, vous vous occupez de vos filles ? Je vais vous demander de les faire sortir maintenant, nous avons besoin de vous parler seules à seuls. » « Qu'est-ce qu'elle a fait, Groc ? demande Claude tout excitée. Elle a fait quelque chose de mal ? » Mais on les pousse dans l'entrée, la porte du salon se referme sur leur curiosité. Heureusement, à travers la cloison on entend tout. Elle a peur. Est-ce que les dames sont de la police ? (elle a triché lors des tests de géométrie, elle n'y comprenait rien, sur le formulaire il y avait des réponses mal gommées, elle a recopié). Une des dames parle de cul – elle a le cœur qui bat très fort, les psychologues ça peut connaître l'intérieur de sa tête, deviner les rêves cachés ? Mais non : la dame explique aux parents, QI ça veut dire quotient intellectuel. Le sien est élevé. Grandes aptitudes au langage. Moins bien en spatialisation, mais quand même, elle a le plus élevé de tout le groupe scolaire du premier degré soumis au test à Rouen. « Même chez les garçons ? s'étonne la voix du père – Oui. Tous les élèves ont passé les mêmes tests. — Ah bon. Bon bon… — Laurence a indiqué sur la fiche de renseignements que plus tard elle voulait être hôtesse d'accueil. C'est inattendu. Vous savez pourquoi ? — Oh, c'est sûrement parce qu'elle en a vu au salon de l'Automobile de Paris, on y est allés, je suis un passionné de voitures. Elle a dû aimer leurs uniformes, leur maquillage, il faut dire qu'elles étaient très jolies. — C'est normal pour une petite fille. Mais elle peut prétendre à mieux, vous comprenez. À un meilleur métier. — Oui, bien sûr. Je n'arrête pas de leur répéter qu'elles doivent travailler. Mais si je comprends bien vos résultats, ce n'est pas elle qui reprendra mon cabinet ? — Les filles sont plutôt littéraires, en effet. Cela dit, il y a de plus en plus de femmes médecins, comme vous le savez. — Oui. Mais hôtesse dans un aéroport, par exemple, ce serait bien pour Laurence. Les langues, pour une fille, ça fait de bonnes études, russe, chinois, il y a des débouchés de nos jours. — Et votre aînée a quel âge, treize ans ? Elle travaille aussi bien que sa sœur ? Elles s'entendent bien ? — Oh non, Claude c'est une feignante, elle fait le strict minimum, tout est bon pour tirer sa flemme. Sinon, bon, vous savez ce que c'est les filles, elles se chamaillent tout le temps, elles se tirent les cheveux, et cetera. C'est des sacrées petites garces, quand elles s'y mettent. Ah, il en faut, de la psychologie… »

Claude part dans la chambre ronger le mot « feignante ». Elle, c'est le mot « garce » qui la cloue derrière la porte du salon puis l'éjecte vers les cabinets, où elle se terre. Pourquoi injurier ses propres filles, et devant des inconnues ? Car c'est une injure, elle le sait. Les dames ne disent rien, pourtant. Elles remercient pour le temps accordé et s'en vont. « Au revoir, mesdemoiselles ! » crient-elles sur le palier.

Leur mère n'a pas ouvert la bouche. Ce gros QI, d'où ça peut bien venir ? De Matthieu, sûrement, même si ça ne se voit pas. Il est quand même médecin… Elle, elle a fait une école ménagère. Jusque-là, elle n'avait pas le droit d'exercer un métier sans l'autorisation de son mari. La loi vient de changer, elle aimerait bien gagner de l'argent, ne pas avoir à en demander à Matthieu tous les mois, à quémander, plutôt. Elle va souvent l'aider au cabinet quand il est de garde, elle connaît toutes les maladies et les traitements des patients. Mais ça ne compte pas, aider son mari, ça n'est pas vraiment un travail, surtout sans diplômes. Bref c'est bizarre, ce QI de Lolo. Ça vient peut-être de son père à elle ? Dans ingénieur, il y a génie.

Garce. Le mot revient et la hante. C'est une injure. Mais n'est-ce pas d'abord le féminin de garçon ? Tout ce qui est féminin déçoit, déchoit, elle le sait désormais. Garçon, c'est un constat. Garce, c'est un jugement. Le mot, en changeant de genre, devient mauvais. Mais il a des pouvoirs. Elle va bientôt le retrouver à la bibliothèque municipale où elle passe des heures dès qu'elle le peut. « Héliogabale attelait parfois deux cerfs à son coche, et une autre fois quatre chiens, et encore quatre garces nues, se faisant traîner par elles », lit-elle par hasard dans un livre de Montaigne. Cette phrase entre dans le recueil privé de ses caresses les plus violentes. Elle a une espèce de hit-parade comme pour les chansons. Ça, c'est une bonne phrase, c'est plus fort que la comtesse de Ségur, elle voit l'image avec le mot qui crache, elle voit la fille en laisse qui avance à quatre pattes, elle voit l'animal qu'on fouette et qui va, elle s'y voit. Être une garce, on en jouit. « Jouir : éprouver un bien-être physique ou moral. » Elle a trouvé le mot la première fois dans un roman avec un titre de prénom de fille – *Justine*, ou *Juliette*. Elle emprunte toutes sortes de livres à la bibliothèque, un monde hybride se compose, dont la ligne principale est que des médecins en blouse blanche épousent des infirmières, que des orphelines trouvent le bonheur après bien des malheurs, que des jeunes filles du nom d'Alice ou de Fantômette résolvent des énigmes et que des reines sont follement aimées. Avec les phrases secrètes, colligées au hasard des étagères, c'est différent, c'est même le jour et la nuit ; cependant, les deux mondes coexistent, parallèles mais tout aussi réels. Elle croit aux deux. Elle est chose, animal, reine des cœurs, princesse, idole, esclave. Elle est humiliée et adulée, méprisable et première de la classe. Sa vie entière est racontée dans les livres. Elle a onze ans.

## 6

Elle a onze ans, Claude en a quatorze et reçoit au courrier, interceptées par leur père, des lettres de garçons qui lui parlent de ses seins et lui donnent rendez-vous dans le vestiaire de la patinoire ; il est donc grand temps qu'un père responsable explique la vie à ses filles. D'abord, elles doivent savoir ce qu'est un rapport sexuel. Il fait un dessin sur une feuille, on dirait le schéma d'un évier. Pour faire un rapport sexuel, il faut un garçon et une fille. On dit aussi : un coït – du latin *coire*, « aller avec » (non, ce latin-là n'est pas dans *Astérix*). L'idée principale qu'elles doivent retenir avant toute autre, c'est qu'il ne faut pas aller avec un garçon, justement. Les filles ne vont pas avec les garçons, c'est tout. Point final. (Ah bon ? Mais alors, pourquoi ça s'appelle comme ça ?) Pas maintenant, en tout cas. (Quand ?) Quand elles seront grandes, quand elles auront un mari, ce sera différent. Elles auront le droit. Et même le devoir. Il regarde la mère qui est en train de débarrasser la table, on n'est pas sûres qu'elle suive, de toute façon elle est déjà au courant. Pour l'instant, elles doivent fuir les garçons qui veulent aller avec elles, ils ne cherchent que ça mais elles, il faut qu'elles résistent, et le meilleur moyen, c'est de les ignorer, de ne pas répondre quand ils parlent ou envoient des lettres, de ne même pas les regarder. Elles ne doivent en aucun cas se trouver seules avec un garçon, c'est compris ? « Chauffe un marron, tu le fais péter », conclut-il. L'image est un peu obscure, en gros ça veut dire : sois sur tes gardes, un coït est vite arrivé. « Mais pourquoi ils cherchent le cowit, les garçons ? — Parce qu'ils en tirent du plaisir, dit le père avec réticence. — Et pas les filles ? » s'étonne Claude, regard en coin vers Groc-Sainte-nitouche qui fait semblant de découvrir le fil à couper le beurre – et si on parlait de la leçon de choses ? « Les filles, c'est différent » (on avait remarqué), dit le père. Dans un premier temps, pour elles ce n'est pas très agréable. En effet, le cohit consiste en la pénétration du pénis du garçon, appelé aussi verge (zizi, bite, zob, traduit Claude qui a déjà reçu pas mal de lettres, vit, dard, membre, traduit Lolo qui a déjà lu pas mal de Sade) dans le trou de la fille, appelé vagin (chatte, moule, temple de Vénus, autel de la nature). Or, à l'entrée du vagin, la fille a une membrane, l'hymen, qui veut dire aussi « mariage » (n'importe quoi), et quand le pénis entre, il déchire l'hymen et ça saigne. « Une fois seulement », rassure le père.

C'est la virginité. Les filles sont vierges. Toutes, au départ. « Tiens, le meilleur exemple, c'est Jeanne d'Arc » – on habite à Rouen, ne l'oublions pas. « Jeanne la Pucelle. Pucelle et vierge, c'est synonyme, ça veut dire : pure. — C'est le contraire de pute ? — Tais-toi quand je parle. Et ne dis pas de gros mots. La première fois s'appelle le dépucelage. Il a lieu pendant la nuit de noces. — Ça fait mal ? — Non, pas trop », dit le père (*il sait tout, le père*). « C'est juste un mauvais moment à passer. — Et à quoi ça sert, le décapsulage ? » demande-t-elle. Son père s'esclaffe, mais c'est un peu ça : le mari ôte le bouchon la première nuit, ainsi il est sûr d'être le premier, et il veut être le premier. Elle grimace. Elle serait donc l'une de ces bouteilles de bière que le père laissait traîner au salon avant qu'il ait son ulcère ? « Et lui, le mari, comment on sait qu'on est la première, pour lui ? — Lui, ce n'est pas important. Au contraire. » L'équivalent de la virginité pour la fille, chez le garçon c'est l'expérience. La valeur est inversement proportionnelle dans un couple : elle ignare, lui savant, c'est le principe. La fille, moins elle en sait, plus on la respecte (sauf Justine, mais bon, le père ne connaît pas toutes les filles). Le jour de la nuit de noces, le mari doit savoir quoi faire, c'est normal ; la femme, elle, n'a qu'à se laisser faire. Le mariage ressemble assez à la leçon de choses, finalement. Des questions ? Non non.

Les réponses sont dans le *Guide de la sexualité* que Claude commandera bientôt sous un nom à la gomme et où quelques mots inconnus du père feront l'objet d'un examen attentif – orgasme, clitoris, masturbation (ah ! tu vois que ça existe !).

La virginité est vraiment le dada du papa, on ne tarde pas à s'en apercevoir. La raison n'est pas tellement cette histoire de pureté – il est protestant et les protestants, la Vierge, ils s'en tapent, enfin c'est ce qu'elle a compris de ses premières années de catéchisme. Non, lui, ce qui l'obsède, c'est qu'elles tombent enceintes (on tombe, on tombe bien bas, on ne s'en relève pas). Qu'elles aient un polichinelle dans le tiroir, une côtelette dans le buffet, le mou enflé, la fluxion de neuf mois, qu'elles se fassent gonfler le ballon, arrondir le globe, bâtir la devanture, piquer par un clou rouillé, qu'elles aient sucé le crayon, attrapé le paquet, avalé l'os, mangé la soupe à la quéquette, mis la poule à couver, laissé la cuillère dans la tasse. Les filles, c'est le boulet des pères. Il ne sait pas trop comment s'y prendre. Les contraindre ou les convaincre, il hésite en vain : c'est ni l'un ni l'autre. Claude surtout l'inquiète : elle a ses règles et un soutien-gorge, elle pousse des hurlements quand il entre dans la salle de bains sans prévenir. Lolo, bon, c'est encore une petite fille. Ah oui, il a oublié de leur expliquer : les règles sont la preuve qu'on n'est pas enceinte. Les filles, en effet, sont régies par la lune. Leur cycle suit le sien, vingt-huit, trente jours, c'est pourquoi elles sont d'humeur changeante, ce qu'on appelle « lunatiques », elles ne sont pas vraiment libres, elles dépendent beaucoup de la nature. Claude ricane, mais elle, elle se renfrogne : son père emploie souvent l'expression « con comme la lune ». Ce n'est donc pas un cadeau d'être soumise à la lune. « Est-ce que les garçons, c'est le soleil ? » (*le soleil qui les fait briller, les garçons brillants ?*) « Non, les garçons ne sont pas soumis à la nature, ils la maîtrisent, ils la domptent. Quand ils saignent, eux, c'est à la guerre, quand ils se battent (*oui enfin bon, ils saignent aussi du nez, et il faut les entendre brailler à l'école dès qu'ils ont un bobo au genou*). Les filles doivent accepter la notion de cycle, de règles, être régulières. C'est la nature, point final. Cela signifie d'abord : ne pas avoir de retard. » Retard = grossesse = marron qui a pété = pute. Elle regarde nerveusement la pendule accrochée au mur de la cuisine, ignorant que cette phrase va bientôt devenir leur gimmick, à sa sœur et elle : j'ai du retard, je suis en retard, t'as combien de retard ? « Bon, en définitive, poursuit le père, ce n'est pas compliqué, résumons-nous : il suffit d'être sages et d'obéir à votre père. Les filles ont leurs règles et elles suivent les règles, c'est tout. »

La nuit, le scénario s'enrichit. Nouvelle leçon de choses : le marron. La scène se couvre de sang, des couteaux jaillissent et menacent de faire sauter le bouchon, d'éclater la châtaigne. Elle se laisse saigner comme un goret, attachée à l'échelle où elle voit chaque été le porc se vider dans un bol dont on fera du boudin, à

La Chaux. Elle est sur le ventre, pieds et poings liés aux montants de l'échelle par une grosse corde râpeuse, impuissante à échapper aux objets, aux doigts, aux insectes qui la pénètrent et aux rires qui l'humilient. Elle souffre et on se moque d'elle – « Alors, tu fais du boudin ? » Le jour, des questions affluent, auxquelles elle ne trouve pas de réponses. Un garçon et une fille, quand ils ont le droit (quand ils sont mariés), ils vont ensemble, ils cowitent. Bon. Et l'amour, dans tout ça ? On dit « faire l'amour », mais pourquoi ? Quel rapport avec les explications du père ? Où se place « Je t'aime » dans le mode d'emploi de la tuyauterie ? Niquer, baiser, tirer son coup, foutre, ok. Mais quand est-ce qu'on se dit oui, oui, je veux t'épouser, oui je t'aime, oui, je veux bien, oui ? Les amoureux, comment ils coouitent ? À présent, elle sait ce qu'on appelle faire l'amour, mais elle ignore ce qu'est l'amour, comment on sait que c'est l'amour, si c'en est.

Bien sûr, il y a les romans. Le Marquis de Sade ne la renseigne pas tellement là-dessus. Dans *Le Club des cinq*, Annie est un peu amoureuse de son cousin François, mais ça ne fait pas beaucoup progresser la science non plus. Elle sort Guy des Cars de la bibliothèque, *Les Filles de joie.* Elle a choisi ce roman parce que le titre, mystérieux, associe les filles et la joie, et ça, ce n'est pas banal, mais en avançant dans la lecture, elle s'aperçoit que l'histoire est triste, au contraire. Il n'y a de joie nulle part pour les filles, dans les livres, sauf au rayon Jeunesse où elle ne va plus guère, et dans la collection Harlequin qu'elle écume avidement sans rien trouver qui l'éclaire : elle n'est pas pauvre et il n'y a aucun millionnaire dans les parages, les conditions de l'amour ne semblent donc pas réunies.

Elle entre en sixième. Le collège est mixte depuis peu – du temps de sa mère, c'était un collège de jeunes filles, la plaque au-dessus du portail l'indique encore. Les garçons y sont minoritaires mais ça ne se voit pas. Ils font les malins dans la cour, crient, tirent les nattes des filles, et quoiqu'ils travaillent moins bien, elle remarque qu'ils n'hésitent pas à lever le doigt, à dire une bêtise. Ils sont un peu ridicules avec leur bermuda sur leurs petits mollets gringalets et leurs ricanements, mais ils ne le savent pas. Leur voix mue et part dans les aigus malgré eux – ils n'ont pas l'air de savoir tellement dompter la nature, je te ferai dire.

Le dimanche, elle va à la patinoire, elle n'a pas de seins, elle voudrait les seins de sa poupée Barbie mais ça part mal, elle met du coton dans le soutien-gorge emprunté à Claude. À défaut de la poitrine, elle a les cheveux de Barbie, de longs cheveux blonds qui servent à cacher l'absence de seins et qu'elle refuse de couper ne serait-ce que d'un centimètre. Quand des garçons l'invitent à faire des tours en patin, ils lui parlent surtout de sa sœur. Ils n'ont pas inventé l'eau tiède, dans l'ensemble, mais certains ont un Solex pour sortir de Rouen. Quand elle refuse d'attraper leur main à l'entrée de la piste, il y en a qui lui crient en glissant vers une autre : « De toute façon, t'es moche » (elle s'en fiche, elle sait que c'est faux), ou même, quand ils connaissent son nom : « Barraqué, planche à pain » (ça, c'est touché coulé mais elle sourit avec dédain). Elle s'intéresse surtout aux garçons qui s'intéressent à sa sœur, soit pour les dégommer auprès d'elle, soit pour la dégommer auprès d'eux. Claude ne l'appelle plus Groc mais Sainte-nitouche. C'est pourtant bien elle la faux jetonne, qui a célébré sa confirmation au temple avec tout le tralala juste pour se faire offrir une mobylette, alors que pendant la retraite elle a presque fait griller le marron avec Louis, le plus beau des catéchumènes – c'est écrit dans le journal intime qu'elle planque sous son matelas avec le *Guide de la sexualité*. Le jour de la communion, toute la famille protestante est venue d'Ardèche avec des prières et des cadeaux pour Claude qui fait la pucelle en robe blanche. Pendant le festin dans un grand restaurant de Rouen, leur père dit plusieurs fois « mes filles » en parlant aux oncles et tantes qui les connaissent à peine, il a l'air content, elle se fait la remarque, et aussi qu'il boit beaucoup de champagne. « C'est deux bonnes sœurs qui s'abritent sous un porche place de la Madeleine parce qu'il pleut. À côté d'elles, il y a une fille de joie très maquillée en minijupe et bas résille, adossée au mur. Les bonnes sœurs la regardent, hésitent, puis l'une d'elles se lance : "Excusez-moi madame, euh, je voudrais savoir : vous demandez combien, euh, pour votre travail ?” La pute répond : “Pour une passe ? Sans rien de spécial ? Oh c’est deux cents francs.” Alors la bonne sœur se tourne vers l’autre et lui dit : “Je vous l’avais bien dit, ma sœur, qu’il nous avait arnaquées, monsieur le curé, avec sa tablette de chocolat.” » L’histoire a beau taper sur les cathos, ça ne fait pas rire les huguenots – « Matthieu, arrête, pas devant tes filles. » « Vous connaissez la différence entre une femme et une piscine ? Non ? Oncle Léon, tu donnes ta langue au chat ? Ben aucune, c’est beaucoup trop cher pour le temps qu’on passe dedans ! – Matthieu, tes filles !!! » Les parpaillots s’étranglent. Elle-même ne comprend pas très bien ce qui se passe dans la tête du père, qui les traite tantôt comme des pensionnaires de couvent, tantôt comme des poteaux de régiment. C’est sûrement qu’il n’a pas tout à fait renoncé à avoir des garçons, bien qu’il admette avoir des filles… « Oh, il faut bien qu’elles apprennent la vie », répond-il en se resservant.

La vie.

Ça, c’est la vie.

Les histoires. Les rires.

Mais l’amour ?

Elle ne sait toujours pas. Le mystère grandit. Un jour, elle a demandé à mémé comment c’était, d’être amoureuse, comment on s’en rendait compte, mais mémé n’est pas la bonne personne : elle a eu mamy sans mari, très jeune, fille-mère, ça s’appelle – c’est comme un marron qui a cramé en pétant et que personne ne veut plus manger. Mémé, avant d'ouvrir sa parfumerie, était couturière, et les deux seules choses qu'elle peut expliquer à son arrière-petite-fille, c'est, premièrement, l'ambition d'être toujours présentable – pas prétentieuse ou m'as-tu-vu, à faire sa maligne avec des fanfreluches, non, juste présentable –, « Une robe repassée, une culotte et des socquettes propres, au cas où tu aurais un accident, eh bien tu serais présentable. » Présentable, en résumé, ça veut dire que tu peux être présentée à n'importe qui sans rougir, même à la mort. Et deuxièmement, avec l'aide du premièrement, la nécessité de se marier avant l'âge de vingt-cinq ans. « Sinon, si tu coiffes sainte Catherine, tu es fichue, tu resteras fille. – Fille ? – Oui. Vieille fille. Célibataire, si tu préfères. Chez les couturières, chaque 25 novembre, on se fabriquait un chapeau jaune et vert et on priait la sainte patronne vierge et martyre de nous donner vite un mari. Mais jolie comme tu es, ajoutait mémé, tu n'auras pas ce problème. »

Présentable, bon. Un mari, d'accord. Avant vingt-cinq ans, c'est noté. Mais l'amour ? Un amoureux ?

C'est à la mère qu'il faut demander. Elle passe du temps à la fenêtre, elle s'examine dans la glace avec sa robe neuve, elle apprend l'italien, « la langue de l'amour », dit-elle, elle se précipite dès que le téléphone sonne et parfois elle pleure. Elle, elle doit savoir.

Elle savait, en tout cas. Elle a su. C'est peut-être un peu tard pour demander. Comme elle en avait assez de quémander l'argent tous les mois auprès de Matthieu, elle a trouvé un travail dans un bureau d'import-export, part en vacances à Capri avec André, mais il vient d'avoir un troisième enfant avec sa femme, un petit Jules, alors Capri, c'est bientôt fini. Elle achète des livres dont on parle à la radio, *La Femme dans le monde moderne*, d'Évelyne Sullerot, des romans de Benoîte Groult et Françoise Sagan. Elle se procure aussi *Lettre ouverte à une femme d'aujourd'hui*, d'André Soubiran, parce que l'auteur s'appelle André et parce qu'elle voudrait arrêter de prendre du Valium. « La femme du XXe siècle est menacée dans son intégrité mentale. Elle sait qu'elle n'est plus la femme d'hier, dont l'univers se limitait aux enfants, à la cuisine et à l'église ; mais elle ne sait pas ce qu'est une femme de demain », lit-on sur la couverture. Elle continue à avaler des pilules en -um pour dormir, en -ène pour se détendre, en -il pour moins souffrir, elle demande à son mari de lui faire une ordonnance. Quand il oublie, elle pousse des cris affreux, se penche par-dessus le balcon, personne ne l'aime, elle en a marre de vivre. « Maman, maman, crient les filles, qu'est-ce que tu as ? Viens, rentre, maman, ferme la fenêtre ! » « Qu'est-ce que tu as ? dit le père. Les Anglais ont débarqué ? »

En cinquième, elle découvre Racine et Corneille, qui confirment l'intuition venue de la mère : l'amour, c'est quand on veut mourir. Ce n'est pas gai mais au théâtre quelque chose empêche qu'on le fasse : c'est le vers, c'est la rime, c'est la joie du retour, de ce qui revient, de ce qui finit par revenir – le son, le mot, l'espoir. « J'aimais, Seigneur, j'aimais : je voulais être aimée. » Elle découvre les sonnets de Louise Labé, « Je vis, je meurs ; je me brûle et me noie. » Elle déclame à voix haute, dix fois, vingt fois, les mots de l'amour, elle s'en pénètre. Elle apprend la métrique, les codes, les figures. C'est beau, aussi, les règles, la régularité, les choses qui reviennent, c'est poétique ; les filles qui imitent la lune, c'est prodigieux. Elle pleure sur des chansons, des poèmes, elle en écrit un peu elle-même. Quand elle va chez Jeannine, elle lit *Salut les copains* auquel son amie est abonnée. Celle-ci découpe des photos de Claude François et de Joe Dassin, les colle dans un cahier à côté des paroles. Un jour, elle a rapporté à la maison un 45 tours de Johnny que lui avait passé Jeannine mais elle l'a oublié sur le tourne-disque du salon. Quand son père l'a trouvé, il a failli le casser en deux, il a dit que les paroles étaient obscènes. Obscène (adj.) : « Qui représente brutalement des images ou des manifestations d'ordre sexuel. » Elle est surprise, elle se demande si par hasard Johnny serait plus obscène que Sade. Sur le Teppaz de Jeannine, elles écoutent surtout Sylvie Vartan, *Comme un garçon j'ai les cheveux longs, comme un garçon je porte un blouson, un médaillon, un gros ceinturon, comme un garçon,* dans le magazine il y a une photo où elle est à califourchon sur une grosse moto, les mains décidées sur les hanches, mais en fin de compte *je ne suis qu'une fille*, poursuit le refrain, *tu fais ce que tu veux de moi, et c'est beaucoup mieux comme ça, voilà lalala.* Ce qui serait épatant, ce serait de gagner le concours de *Mademoiselle Âge tendre* : le premier prix est une invitation au moulin de Cloclo ! Il chante *Douce, ma Candy, Candy, tu sais que ta bouche est sucrée, et tu rends tes baisers sucrés, oh oui tu as vraiment la peau, oui vraiment ta bouche est sucrée*, et elles reprennent en chœur tout en s'enfilant des fraises Tagada qui font la bouche rouge et sucrée comme il faut – enfin non, depuis quelques semaines Jeannine ne mange plus de bonbons, ça fait grossir et si elle veut être la prochaine Mademoiselle Âge tendre, elle a intérêt à perdre ici, et là, et encore là, enfin partout, « il faut que je perde, répète-t-elle, il faut absolument que je perde ». Quand elle quitte Jeannine en remportant le paquet de fraises Tagada, sur le chemin du retour le zonzon de Sylvie bat dans sa tête comme un métronome, *pourtant je ne suis qu'une fille, lalala.* Elle la chantonne encore le soir au fond de son lit. Quelque chose la chiffonne, mais quoi ?

À propos de métronome, elle est en retard question plomberie. Elle n'est pas encore « formée », comme dit le médecin. Formée à quoi ? Au collège, elle ment, elle récupère des éléments de langage auprès de sa mère et de Claude, elle dit à ses copines ou au prof de sport, d'un air éprouvé : « Je suis indisposée » ou bien « J'ai mal au ventre ». Quelquefois le prof s'énerve, « et alors ? dit-il à Claude qui a apporté un bulletin de dispense, ça n'a jamais empêché personne de faire du saut en hauteur ». « Qu'est-ce qu'il en sait, ce con ? » lance sa mère qui, depuis qu'elle travaille, dit beaucoup plus de gros mots et de trucs rigolos. Même Jeannine qui se tord de douleur tous les mois, le prof la traite de « comédienne » et écrit sur son bulletin scolaire : « Absences injustifiées ». Jeannine a lu que quand on ne mange plus, on n'a plus ses règles, alors elle se met deux doigts dans la bouche aux toilettes, après la cantine, elle vomit tout mais ça ne change rien, sauf que c'est bon pour sa ligne. Elle, c'est le contraire, elle mange pour les faire enfin venir. Les douleurs de son amie ne lui font pas envie mais elle en a marre que Claude la traite de bébé. Quand elle était petite, elle a vu sa mère rincer des caillots de sang au-dessus du bidet et se fourrer entre les jambes de larges linges malcommodes ou, plus tard, comme sa sœur, des paquets de coton oblongs enfermés dans un filet. Le sang coule rouge comme les genoux quand on tombe de vélo, mais plus dru, et il brunit à l'air libre. Il a une odeur de boucherie ou de fleur fade, selon le moment, jusqu'à la nausée. Ça dure cinq jours et ça revient tous les mois. Imagine que tu tombes de vélo tous les mois ! Le nombre de pansements ! Sa mère en rapporte de la pharmacie, c'est plutôt cher. Papa, ça va lui coûter un bras, à force, d'avoir une femme et deux filles. Parfois, on croirait qu'il surveille les paquets, surtout ceux de Claude, elle l'a déjà vu compter, il contrôle le débit. Maman achète aussi des boîtes plus petites – des *tampons* – mais les filles n'ont pas le droit d'en mettre, ça pourrait briser l'hymen et on ne s'en rendrait même pas compte. La honte le jour de la nuit de noces ! Elle se dit que si le tonton avait fait péter le marron, on aurait mis son père au courant, il aurait trouvé ça obscène et ça aurait chauffé. Mais ouf, elle l'a toujours, son bouchon, même si les règles passent au travers – elle ne comprend pas trop comment, il n'a pas l'air très hermétique, mais la nature est bien faite, il paraît.

Les règles, c'est comme pour le zizi et la zézette, il y a plein de mots pour dire la même chose, c'est amusant. Par exemple, quand les parents se disputent, son père finit toujours par demander si les Anglais ont débarqué – c'est peut-être parce qu'on les appelle les Rosbifs. « Ça pisse le sang », dit-il aussi. « Ça pissait le sang », dit-il à propos d'une personne amenée en urgence à son cabinet. Le sang vient donc du même endroit que la pisse, note-t-elle, mais pas dès la naissance : il faut attendre d'être grande – « Bientôt, tu seras une grande fille », dit sa grand-mère. Le sang la révulse et en même temps elle a hâte d'être comme les autres, de ressembler à Claude, à sa mère, de se conjuguer au féminin. J'attends mes machins, t'as tes ragnagnas, elle a reçu sa lettre mensuelle, nous avons nos histoires, vous avez vos périodes, elles ont leurs mickeys, leurs bidules, leurs isabelles, leurs coquelicots, leurs ours, les Anglais ont débarqué, je reçois mes parents de Montrouge, le Cardinal est arrivé, l'Armée rouge est en ville, le ketchup est servi, mon minet a le nez cassé, tu repeins ta grille en rouge, elle touche sa paye en rubis, nous faisons de la moule à la tomate, vous préparez du coulis de fraise, elles cuisinent des rougets. Nous les filles, nous payons notre tribut à la lune, nous traversons la mer Rouge, nous recevons la visite de tante Flo, nous avons notre male semaine, nos brouilleries, nos ouin-ouin, nos mauvais jours, nos catimini, nous faisons relâche, nous souffrons.

« Oui, d'accord, dit le cousin de Jeannine qui veut se marier avec elle quand elle sera grande, d'accord vous souffrez. Mais c'est seulement cinq jours par mois. Nous, on est obligés de se raser tous les jours. Et puis nous, on a le service militaire. »

Un matin, elle est frôlée par un homme brun qui, au moment de la dépasser, lui empoigne les fesses, y enfonce ses ongles en lui soufflant quelque chose à l'oreille puis continue son chemin. Elle est obligée de s'arrêter, là, sur le trottoir, elle suffoque. « C'est un bicot, lui dit la marchande de journaux, qui a tout vu, y sont tous comme ça, les crouilles, c'est des obsédés. » Comme elle ne connaît aucun de ces deux mots et ne les trouve pas dans l'encyclopédie *Quillet*, elle en parle à son père. « N'emploie pas ces termes, lui dit-il, c'est de l'argot, c'est vulgaire. L'homme est sûrement un des Algériens que les patrons des usines Renault ont fait venir en masse à Cléon ces dernières années, explique-t-il. Comme ils ont laissé toute leur famille au pays, ils sont sans femme et ça leur manque, c'est pour ça, ils ont les mains baladeuses. Même les putes n'en veulent pas, ajoute-t-il en riant. Cuisse de mouche, par exemple, est catégorique, elle dit "j'ai ma fierté" quand elle vient consulter pour une chtouille. — Alors qu'est-ce qu'il faut faire ? — Changer de trottoir, répond le père. En plein jour, tu ne risques pas grand-chose, en principe – tu étais habillée comment ? Et le soir, tu ne sors pas. Mais le plus sûr : dès que tu vois un homme louche, tu changes de trottoir. » Et comme elle a l'air songeuse (pute, c'est pas de l'argot ? Et chtouille ?), à la fin du repas il les fait venir au salon, Claude et elle, et il leur montre des techniques de défense. Puis il mime une scène. « Voilà, je joue l'agresseur, dit-il en attrapant Claude par les bras. Vas-y, libère-toi de ma prise. Enfin, fais semblant, hein », ajoute-t-il en grimaçant. Claude adore ce jeu. « Un grand coup de genou dans les couilles, sans hésiter, répète-t-elle. Le gars est par terre pour un moment, se réjouit-elle. — Tu as compris, Laurence ? Tu vises les bijoux de famille. Tu sauras le refaire ? demande le père. Direct dans les valseuses. » Elle dit oui oui sur fond de *Beau Danube bleu* – elle ne veut surtout pas essayer, pas avec son père. C'est rassurant de connaître le point faible des garçons, de savoir par où on peut leur faire mal, vraiment bien mal, à ce qu'on dit. Mais dans ses rêves, la nuit, elle n'y arrive pas, elle n'y pense même pas. Dans ses rêves, toutes les nuits, l'agresseur gagne. Et il se venge.

Enfin, elle a ses règles, presque un an après tout le monde. Elle est contente. « Tu en prends pour quarante ans, ma chérie », lui dit sa mère en souriant mais sans les yeux. « Alors ça y est, lance Claude, t'es plus un bébé ? Bienvenue au club, Groc. » La mère proteste : elle ne veut plus que Claude appelle sa sœur Groc depuis que Jeannine est à l'hôpital. Sans rien dire à personne, elle a complètement arrêté de manger, elle pèse trente kilos, ne va plus en classe et peut-être qu'elle va mourir, personne n'a le droit d'aller la voir, même pas sa mère, il paraît, c'est triste. En sciences naturelles, on étudie la reproduction de la grenouille – à ce sujet, attention : le crapaud n'est pas le mâle de la grenouille, pas du tout, idée reçue. Le crapaud est le mari de la crapaude, et la grenouille est celui de la grenouill.e. Ce sont les femelles (les filles) qui s'occupent de la reproduction, toujours, partout. Les e muets s'activent alors bruyamment. C'est une drôle d'expression, se reproduire. C'est le contraire de mourir, en un sens, mais ça ne fonctionne pas comme une photocopieuse : on ne se reproduit pas à l'identique. Les filles, par exemple, ne sont pas des machines, elles ne se reproduisent pas toujours bêtement. Parfois, elles font des garçons.

Au collège, elle s'ennuie, seul le français la réveille. Elle se rêve en héroïne de Corneille, de Racine, récite du Lamartine toute seule, s'enroule autour des mots de l'amour. Tous les professeurs sont des femmes, sauf en sport et en travaux manuels. Les hommes n'appellent jamais les élèves par leur prénom, seulement par leur nom, quelquefois précédé de mademoiselle, par ironie. L'année de cinquième, M. Renard apprend à coudre aux filles, elles fabriquent des tabliers, des portemanteaux en velours bordés d'un galon, elles tricotent, font des bâtis, des ourlets. Parfois, il demande à une des élèves de lui recoudre un bouton de sa chemise ou de lui repasser sa cravate. « Mademoiselle Barraqué, vous avez l'air de vous morfondre sur votre patron, venez donc me voir. » Au fond de la salle, les garçons planchent sur des circuits électriques ou des schémas de moteur. En EPS, quand ils jouent au football, les filles font de la poutre, et dans ce cas-là le prof cède la place à sa collègue, une vieille fille qui doit faire dans les cent kilos et n'est pas tellement plus compréhensive sur la question des ragnagnas – elle a dû oublier ce que c'était, il paraît que quand on est vieilles, on ne les a plus. Au lancer du poids, les filles doivent atteindre trois mètres, les garçons cinq, c'est comme ça et pas autrement. Elle a beaucoup de force dans les bras mais elle fait bien attention de ne pas dépasser trois mètres, elle essaie d'éviter l'inévitable jeu de mots sur son nom de famille, les rires. La nuit, M. Renard vient donner la leçon de choses – « Barraqué, au tableau ! » –, il la fouette jusqu'au sang cul nu devant toute la classe parce que le bouton qu'il lui a fait recoudre à sa braguette n'a pas tenu.

# 7

Un jour, elle est à la piscine, elle lit sur l'herbe, seule. Claude est déjà repartie avec sa bande, elle fait semblant d'être fille unique. Jeannine est morte au printemps, elle pesait vingt-huit kilos, à force de vouloir perdre, elle a perdu la vie. On a treize ans, on ne sait plus trop pourquoi on est là. L'ennui se confond avec la peur. À sept heures, la cloche retentit, qui annonce la fermeture. Elle lève les yeux de son livre. À quelques mètres, il y a un garçon, il est en train de se rhabiller – elle ne l'a jamais vu avant. Il a déjà passé son pantalon et, son polo à la main, il regarde le soleil qui commence à décliner. Il est de dos, sa taille est soulignée par une ceinture en cuir, puis la ligne des muscles s'évase jusqu'aux épaules. Les mots du roman qu'elle lit lui sèchent soudain la gorge, la phrase qui décrit le chevalier Tristan dont la reine est amoureuse : « les épaules larges et les flancs grêles ». C'est lui, tout soudain, c'est le Tristan de l'histoire, frais débarqué à la piscine Saint-Saëns. Le contemplant comme la lettrine qui orne la couverture, elle respire mal, elle a chaud et froid à la fois, elle sent une pierre sur sa poitrine, son cœur bat vite, mais dans son ventre. Le garçon se retourne, il a des poils bruns sur le torse, il a au moins seize ans, peut-être dix-sept ; il la surprend, leurs yeux se rencontrent, il lui fait un petit signe de la main, elle détourne la tête, elle ne le connaît pas. Et pourtant. Il ramasse son sac de sport et s'en va, elle le regarde partir. Son dos. Ses épaules. Courir, l'arrêter, se coller à lui, poser les mains sur ses bras, sur son cou, et qu'il la reçoive, qu'il l'accueille, qu'il la veuille. Qu'il l'exige. Elle reste immobile sur sa serviette, la gorge sèche, foudroyée. Sous sa peau, ça ne ressemble à rien de connu.

Ensuite elle oublie.

Puis ça revient – c'est enivrant, la même sensation, intacte et vive, neuve, un flux qui fige et anime à la fois, qui irrigue et assèche. À l'occasion de son anniversaire, sa grand-mère lui a offert une place pour un ballet de Maurice Béjart – « C'est un joli cadeau, pour une fille. » Elle est d'abord déroutée par la danse, rien à voir avec les petits rats de l'Opéra qui la font encore rêver. Tout d'un coup, un danseur, torse nu, les yeux très fardés, occupe tout l'espace, elle le regarde, sa poitrine se loge dans la sienne, assise au deuxième rang, elle ne voit plus que lui. C'est Jorge Donn, dans vingt ans il mourra du sida mais ce soir-là il a vingt ans. Elle aime qu'il soit musclé et maquillé, athlétique et féminin, efféminé, dirait son père, qu'il ait de longs cils et une coque entre les cuisses, elle aime que le garçon ne soit pas le contraire de la fille mais la contienne, la comprenne. Le garçon est sa chance, elle le sent. Il reste une poignante énigme, pourtant ; sa beauté est une flèche dans son cœur, et son ventre est tatoué pour toujours d'une empreinte mâle.

Désormais, plus rien n'est pareil. La leçon de choses, la nuit, ne disparaît pas mais les jours se peuplent d'un savoir nouveau : elle n'est pas seulement une chose, elle est une fille. Le garçon, c'est lui la leçon à présent, et elle a très envie de l'apprendre : ses épaules, son torse. Le mot « torse », le mot « épaules », le mot « muscles », les mots « garçon », « homme », tous excitent en elle une sensation spéciale qui n'a pas encore de nom, qui n'est pas l'explosion solitaire de ses nuits accrochée à d'autres mots, rivée à d'autres images, mais une promesse, elle ne sait pas de quoi, de qui. Est-ce le prince des bluettes qu'elle lit toujours ? Peut-être. Mais à présent il est nu, et la douleur âpre et douce que sa présence et son absence suscitent creuse les côtes. Son torse lui tord le cœur, son dos, signe et ligne de fuite, dessine l'objet qui lui manque. Elle découvre ainsi le désir, plusieurs années après le plaisir. Ce manque la rend vivante, tandis que la nuit la fait morte. Jouir l'annule, désirer l'anime. La jouissance est brève mais le désir ne finit pas. Vie privée de tout, mort comblée de rien. Puisqu'elle connaît le rien, il reste à conquérir le tout. À quoi ça ressemble, au juste ? Cela n'a pas été dit dans la leçon de choses du père. Le soleil poudroie, l'herbe verdoie. Elle ne voit rien venir, mais le prince viendra, un jour – elle n'a pas oublié la chanson.

Tu te souviens d'elle, de cette fille-là, de l'irruption fracassante du désir dans sa vie ? Oui, je m'en souviens. Une organisation nouvelle du monde prend soudain forme et sens : les garçons sont faits pour elle. Ils sont différents, bien sûr, mais justement, là est le défi, l'aventure. Ils sont jeunes, ils sont beaux. Leurs muscles courent sous leur peau et l'inquiétude est dans leurs yeux, dans leur sourire même insolent. Qu'est-ce qu'il y a de plus urgent au monde que d'y souder son corps de fille ? Je me rappelle cette ivresse inquiète, cette ignorance instruite. « Comment souffrirons-nous, Seigneur, que tant de mers me séparent de vous ? » Tout s'éclaire, soudain. Il faut réduire la distance à rien, c'est tout. Passer enfin du statut de présentable à celui de présentée. Se rendre présente. Mais comment faire ? Heureusement, ma sœur a des lumières plus sûres, elle a seize ans. Elle a aussi un petit ami avec qui elle ne veut plus sortir (elle en a un autre en vue), elle veut donc bien me le passer, pour essayer, « pour voir si ça colle », dit-elle. D'un coup, je deviens intéressante à ses yeux, je le sens bien – ne négligeons pas ce bénéfice secondaire, de retrouver une sœur. « Il s'appelle Romain, il n'a pas décroché la lune mais il embrasse bien », dit Claude. D'accord, mais moi je n'ai jamais flirté avec personne – *flirter*, c'est maman qui dit ça –, je ne sais pas embrasser. Qu'à cela ne tienne, Claude va m'apprendre. Elle me fait asseoir à côté d'elle sur le canapé du salon, m'entoure les épaules et fourre sa langue dans ma bouche ; je me recule d'un mètre – « Ah ben oui, t'es nunuche ou quoi, on met la langue, sinon c'est un bisou, un poutou, un mimi, je te parle du french kiss, moi, pas de la gnognotte ! » Je reviens, elle recommence, elle tourne sa langue dans ma bouche, je ne sais pas quoi faire de la mienne – « Tu la tournes aussi, c'est tout, enfin tu te laisses faire, ça vient tout seul. » Je m'applique, oui oui, je commence à comprendre le truc. J'aime bien. « Bon, t'es au point, Groc, j'appelle Romain », dit ma sœur.

Romain n'est pas très beau mais il a une moto. Il n'est pas spécialement malin non plus mais on s'en fout. J'ai treize ans, il en a dix-huit, il m'emmène à fond de train dans le bocage normand et on s'embrasse à bouche que veux-tu derrière les clôtures. Je lui demande s'il a déjà couché avec des filles, il dit que oui. J'aime quand il fait chaud et qu'il enlève sa chemise pour bronzer dans l'herbe verte. Il a un dos blanc et lisse, un peu trop blanc, un peu trop lisse pour être viril, mais tout de même… Quand il essaie de déboutonner le haut de mon chemisier, je dis non, je mets mes mains sur mes seins, enfin à l'endroit des seins, et je répète non en espérant qu'il va comprendre que c'est oui mais que j'ai encore besoin de la leçon de choses – est-ce qu'il y a du plaisir à être d'accord ? Dès qu'il entend non il s'arrête, il arrange les pans de mon chemisier comme pour me rassurer. Il dit qu'il me respecte, que je suis trop jeune. Je crois qu'il est content d'être le premier à m'embrasser, et que ça lui suffit, il ne vise pas le décapsulage. Je ne lui dis pas qu'en réalité le premier garçon que j'ai embrassé, c'est ma sœur. Ce baiser nous a rapprochées, elle et moi. On commence à se faire des confidences. Un dimanche matin, je suis assise sur ses genoux, on est toutes les deux en chemise de nuit, et on se raconte des choses à mi-voix, quand mémé entre sans frapper dans la chambre. Nous voir la défigure. « Pas deux filles, crie-t-elle, pas deux filles ensemble, c'est mal ! » – et elle me tire par le bras pour me séparer de ma sœur. Claude rit aux éclats et la poursuit dans le couloir, « mais une fille et un garçon, là c'est bon, mémé ? Dis, ça va, si c'est un garçon ? ».

Le problème, c'est les vieux. Ceux qui ont trente ans ou plus. Il y en a un à la sortie du collège, il porte un imperméable sale qu'il ouvre sur notre passage, montrant un zigouigoui minuscule sur lequel il tire comme s'il espérait l'allonger. De temps en temps, la directrice du collège le chasse en agitant les mains mais il revient toujours. Les copines, bras dessus bras dessous, foncent parfois vers lui à quatre ou cinq, par curiosité. Moi, je change de trottoir, une peur fossile revient, même si quand même je sais faire la différence entre un bigorneau et un couteau.

Depuis que je sais embrasser, je ne perds pas la main. J'écume les boums garage avec Sylvie, une fille de ma classe. Elle a une sœur, Viviane, qui a deux ans de plus qu'elle et qui, contrairement à la mienne, la laisse venir avec elle aux surprises-parties où il y a des garçons plus vieux, il y en a même qui ont leur permis de conduire et qui jouent de la guitare. On danse en agitant nos cheveux, on porte des pantalons en velours côtelé, des Clarks et des tuniques péruviennes, on attend le quart d'heure américain pour embrasser le plus beau. Un été, Sylvie et sa sœur partent camper dans le jardin de leur grand-mère, à Coutainville, avec des copains de Viviane qui viennent de passer leur bac. Moi, j'ai eu mon brevet avec mention très bien. Mon père, rassuré par la présence de la grand-mère, accepte que je les y rejoigne, à condition bien sûr que je dorme dans la maison et pas pêle-mêle dans une tente, « c'est bien compris ? » – chauffe un marron, tu le fais péter. Il briefe la grand-mère par téléphone, qui dit « oui oui bien sûr » à toutes ses recommandations – elle est sourde et n'a plus de pile dans son sonotone, elle n'entendrait pas un marron péter à cinquante centimètres.

Quand j'arrive sur la plage, sac au dos à la descente du car, il y a Viviane et son petit ami Gérard qui lui passe de la crème solaire, et trois garçons qui discutent. Sylvie et sa cousine Catherine se baignent. Viviane me présente d'un geste : « Laurence, une amie de ma sœur. » Les garçons – Franck, Hervé, Daniel, « salut » – me regardent d'un air ironique puis retournent à leur activité : ils commentent l'allure des filles qui passent. « Le cul ça va, mais la gueule c'est pas terrible », « Avec un oreiller sur la tête, à la rigueur… », « Tu as vu la planche à pain ? ». Je me déshabille. J'ai mon maillot de bain sur moi. Ma grand-mère a accepté de coudre à l'intérieur du soutien-gorge des bonnets en mousse comme ceux qu'elle porte depuis son cancer du sein. Il faudra juste que je fasse attention à les essorer discrètement quand je sortirai de l'eau car la mousse fait éponge et mes faux seins doublent alors de volume. Pour l'instant, les garçons ont cessé leurs commentaires. Je sens leurs yeux dans mon dos tandis que je marche vers la mer. La honte a déjà fait place à un autre sentiment, ma démarche est plus assurée ; dans le *Charlie Hebdo* de ma sœur, les filles dessinées par Wolinski ont toutes des grocs. Si c'était un atout, en fin de compte ? Je roule un peu des hanches, pour voir. Le soleil me chauffe tout entière dans le brûlant désir de plaire, de leur plaire.

Franck est le premier à attaquer. J'aime ses yeux verts et ses cheveux bruns qui brillent, je le trouve viril (un garçon, c'est brun, une fille, c'est blonde) – le mot « viril » me fait frémir, je l'emploie tout le temps dans ma tête. On s'embrasse sur la plage pendant deux jours. Le troisième jour, toute la bande va au cinéma. Franck laisse les autres nous séparer, j'ai l'impression qu'il fait exprès de se mettre au bout du rang alors que je suis à l'autre bout à côté d'Hervé. J'aime bien Hervé. Il n'est pas beau mais il joue très bien de la guitare, il a même un groupe à Rouen. Au milieu du film, il me prend la main, j'entrelace mes doigts aux siens. On s'embrasse, il me caresse les épaules, les cuisses, je me sens guitare. Peu après, je le vois se pencher vers la gauche, hocher la tête et faire à Franck, dans la pénombre, un signe pouce levé. Bon bon bon… Le lendemain, je vais voir Daniel sous sa tente, il est en train de lire le Code civil en vue de sa rentrée en première année de droit, ça le détend, dit-il. Il est allongé torse nu, je pose mes lèvres sur ses épaules rondes. Nous parlons tout l'après-midi, il est doux, drôle, intelligent, puis nous allons à la plage main dans la main. Il boit beaucoup, c'est dommage, il ne se déplace pas sans une canette de bière. Boire, c'est viril, mais après on ne ressemble plus à rien, à mon avis. La nuit, je dors avec lui, il caresse mes cheveux, mon cou, ma gorge. Parfois, quand il me serre contre lui, je sens le couteau, si dur le long de ma cuisse, je me recule avec brusquerie, il ne dit rien, ou bien il dit : « Ne t'inquiète pas. » D'autres fois, on joue au tarot tous ensemble, et les deux autres échangent des regards excédés, bien fait pour eux !

Le matin de mon départ – la bande reste plus longtemps mais mon père n'a autorisé qu'une semaine de séjour –, Daniel m'entraîne dans les dunes, un peu loin de la maison, c'est bizarre.

Dans un creux de sable, j'aperçois Franck et Hervé, ils ont l'air furieux. Je me retourne, mais Daniel a disparu. Je veux faire demi-tour, ils me tirent par les bras et me forcent à m'asseoir au milieu d'eux. « Alors, commence Franck, t'as cru que tu pouvais te foutre de notre gueule comme ça ? Tu te prends pour qui ? — On n'est pas des pédés, figure-toi, continue Hervé en me jetant des poignées de sable, on laisse pas une fille nous balader comme des cons. » Je ne les regarde pas, je scrute la ligne des dunes, est-ce que vraiment Daniel m'a abandonnée ? « Je ne vous prends pas pour des cons, dis-je d'une voix hautaine. — Trois dans la semaine, rien que ça ! T'appelles ça comment ? — Je sors avec qui je veux, c'est tout. Je fais ce que je veux. — C'est ça, oui, et ce que tu veux, c'est nous prendre pour des cons. — C'est vous qui m'avez mal traitée », dis-je, le profil toujours tendu au-delà d'eux, menton haut, nuque étirée, comme si je dansais *Le Lac des cygnes.* « Vous croyez que je ne vous ai pas vus vous faire des signes au cinéma ? Vous êtes pris à votre piège, c'est ça qui vous défrise. — Arrête tes grands airs, dit Franck. Tu nous prends, tu nous jettes et en plus tu te plains ! — Vous connaissez le poème de Prévert ? » dis-je. Et je récite : « Je suis comme je suis / Je suis faite comme ça / Quand j'ai envie de rire / Oui je ris aux éclats / J'aime celui qui m'aime / Est-ce ma faute à moi / Si ce n'est pas le même / Que j'aime à chaque fois / Je suis comme je suis / Je suis faite comme ça / Que voulez-vous de plus / Que voulez-vous de moi. » Hervé baisse les yeux, le par cœur doit l'impressionner. J'en profite pour me lever, rien à ajouter. Franck est furieux, il m'attrape par la cheville. « Mais c'est une pute, dans ton poème ! T'entends, Hervé, elle nous récite une histoire de pute ! Et elle est contente ! Alors on est d'accord, si t'es qu'une pute, on peut te traiter comme une pute. Barraqué, c'est un bar à quéquettes ! Self-service ! — Arrête, dit Hervé. Laisse-la partir. — Tu te dégonfles ? crache Franck. Tu veux pas lui apprendre la vie ? » Mon cœur s'emballe, il marche sur un fil, la peur est funambule. La vie ? Mais l'étreinte de Franck se desserre, je me dégage et m'en vais avec toute la dignité que me permet le tremblement de mes jambes. Dans le creux derrière la dune est assis Daniel. Je passe devant lui sans un mot, princesse en son donjon. Il me rattrape : il ne les aurait jamais laissés me faire du mal, m'assure-t-il, il m'attendait. « Et pourquoi m'as-tu amenée jusqu'à eux » (ou devrais-je dire : convoquée ?), fais-je sans le regarder, les yeux vers la mer, la mer ouverte et libre. « Ils voulaient une explication, c'est tout. Je ne pouvais pas leur refuser ça. Mais ils m'avaient promis..., enfin tout va bien, quoi ! Je suis là. — Tu n'es pas mon père, tu sais » (*quelle idiote : est-ce que mon père aurait le droit, lui ?*). « Je ne suis pas ton père mais je suis ton petit ami. On est ensemble, non ? » Je dévale la dune en silence. Apprendre la vie... Sur les photos que j'ai prises cette semaine-là le long de la plage de Coutainville, les dunes et leurs petits bouquets d'herbes qu'on foule du pied dans les creux font penser à des corps de femmes.

Il y a maintenant six mois qu'on sort ensemble, Daniel voudrait qu'on fasse l'amour mais il en parle au lieu de le faire. Je lui dis d'attendre, il me presse : « Quand est-ce que tu vas vouloir ? » Il y a deux choses qu'il ne sait pas, alors c'est mal barré. D'abord, il ignore la philosophie paternelle, la doctrine du marron… Mon père veut que je reste vierge jusqu'au mariage et moi je lui obéis. J'aime obéir. J'ai peur de désobéir. Ensuite, moi, ce n'est pas vouloir que je veux. C'est devoir.

Aux vacances de Pâques, sur la recommandation insistante du conseil de classe, ma mère m'inscrit à un séjour linguistique à Londres. L'organisme qui s'occupe des stages me communique l'adresse de ma famille d'accueil, à qui j'écris pour me présenter. Je prends le train à reculons, le premier jour des vacances de Pâques, laissant Daniel réviser ses partiels. À Waterloo Station, je descends du wagon avec le groupe. Les parents anglais sont là au bout du quai, ils s'avancent vers leurs hôtes, échangent quelques mots avant de les emmener vers la sortie. Le quai se vide rapidement, je reste toute seule, ma valise à mes pieds, *how do you do ?*, je me répète machinalement mon premier cours, *how do you do ?*, c'est idiot, ça ne veut pas dire « comment allez-vous ? » mais, littéralement,

« comment faites-vous ? », comment fait-on, comment je fais, comment je vais faire seule sur le quai de Waterloo Station ? J'ai quinze ans, morne plaine, je suis dans une gare au nom de défaite. Finalement, l'organisateur s'approche, sa liste à la main, et me demande mon nom, « Laurence Barraqué », dis-je, l'eau rance, le déchet, l'égout, me dis-je. Il remonte le quai jusqu'à un couple d'obèses qui semblent hésiter à s'en aller, puis revient avec eux, tout sourire. « *Peter, Amy… Laurence.* » On se serre la main d'un air conciliant, comme si on passait l'éponge. Il y a eu un malentendu : « Laurence, chez les Anglais, est un prénom masculin – Laurence Olivier, l'acteur, *you know…* –, donc ils attendaient un garçon. — Je comprends », dis-je. Mes parents aussi, ne dis-je pas. J'ai l'habitude. « Mais ça ne fait rien, ajoute l'organisateur, bonhomme, un garçon, une fille, c'est pareil. »

Si on veut.

Je monte en silence à l'arrière de la voiture. Peter conduit en me regardant d'un air éberlué dans le rétroviseur, Amy fixe la route. Ils habitent un pavillon à l'est de la ville. À peine entrée dans le hall, Amy s'écrie d'un ton sinistre, le visage tourné vers l'escalier qui mène à l'étage : « *Helen ! Come down ! Laurence is there.* » Je pose ma valise et lève aussi la tête tandis qu'un sirop musical dégouline le long de la rampe. Un pied chaussé d'un escarpin pailleté apparaît sur la première marche, puis un autre se cambre dans le vide, suivi d'une jambe gainée de noir, éclaboussée d'une écume de frous-frous en dentelle. Une main aux ongles rouges caresse la rampe tandis qu'émergent successivement du coffrage, avec la lenteur d'une meneuse de revue, des fesses moulées, une taille mince, des seins crémeux offerts sur un bustier comme sur le plateau de sainte Agathe, un cou gracieux et des dents souriantes dont la blancheur me sidère. Enfin le visage se montre, des yeux myosotis d'où la lumière disparaît à l'instant où ils croisent les miens. « *Helen*, dit le père en désignant de la main sa fille pétrifiée, l'air furieuse, au milieu de l'escalier. *Laurence is a girl* », confirme-t-il, mi-peiné mi-goguenard. J'esquisse un salut où se fond une excuse, je voudrais rentrer dans ma valise et être expédiée n'importe où, faute de quoi je dis : « *How do you do ?* » en effectuant une petite révérence, genou plié devant tant de beauté, *how do you do ?*, comment faites-vous pour être si…, comment fais-tu, plutôt, après tout elle n'est guère plus vieille que moi, elle doit avoir dix-sept ou dix-huit ans, comment fais-tu pour être si belle ? Helen ne répond pas et remonte l'escalier quatre à quatre. La musique est coupée net. Elle redescend vêtue d'un jean et d'un vieux tee-shirt et va couper des carottes dans la cuisine. Elle attendait un garçon, un garçon français, *a french lover*, et voilà, ce n'est que moi, *only me.*

Ce que les filles font pour séduire les garçons, c'est ce que je découvre, qui m'effare et me trouble. Les robes, le strass, le rouge à lèvres… Tout ce cirque… Comme fille, je ne l'ai jamais fait, et je n'en ai jamais été la destinataire. Maman n'aime pas que je l'imite, et papa encore moins – une fois, Claude avait mis du fard à joues et il lui a demandé si elle voulait devenir clown. Alors pourquoi suis-je si touchée, excitée, curieuse du charme qu'il opère ? Et les garçons, eux, que font-ils pour nous séduire ? Je cherche, je ne trouve pas. Ils ont le droit d'être eux-mêmes, ils ne doutent pas d'être aimés pour eux-mêmes, sans artifices. Moi, suis-je vraiment une fille ? Je n'ai pas de vernis sur les orteils, pas de maquillage, et je répugne à me raser les aisselles – les garçons ne le font pas, ma mère non plus, mais Helen, si, je crois même qu'elle y met une poudre scintillante. Le matin, après ma douche, sous le néon blafard de la salle de bains, je plaque mes cheveux en arrière, je durcis la mâchoire et là, sous les sourcils broussailleux, la peau nue, on dirait mon père, il y a du garçon dans ma figure. Je ne sais pas quoi décider.

Ma chambre est en face de celle d'Helen. Pendant tout mon séjour, je guette ses allées et venues, je l'observe qui rentre certains soirs, ivre, en minijupe et débardeur échancré. Il fait douze degrés dehors mais les Anglaises préfèrent prendre froid plutôt que renoncer à leur décolleté. Cette mascarade me répugne et pourtant je rêve d'y répondre, d'être celui qu'elle attendait. Le coït m'est interdit avec un garçon, mais dans la philosophie du marron, rien n'est explicite au sujet de co-aller avec sa pareille. Je n'ose pas lui parler, mon anglais est trop incertain. J'aimerais qu'on s'explique. – « *Why aren't you a boy ? — I'm sorry, I'm going to change, I promise.* »

La veille de mon départ, j'offre à Helen un bracelet doré que j'ai mis des heures à choisir – je voudrais tellement lui plaire, et qu'elle m'embrasse, qu'elle me pardonne. Mais Helen continue de m'ignorer – je suis une fille, et ça, ça ne pardonne pas. Je m'en vais méprisée et déçue. Pendant quinze jours, à Londres, en secret j'ai été un garçon. Laurence. Un baraqué à poitrine plate. Un garçon invisible dans une fille sans lauriers. Un perdant. Laurence, lauréate de rien.

Quelques semaines plus tard, l'étudiante qui me donne des cours de maths dans sa chambre de la cité U enlèvera brusquement sa tunique indienne au milieu d'un problème de probabilités, me prendra les mains et les posera sur ses seins. J'y enfoncerai le bout de mes doigts, ce sera mou et tiède, du beurre en motte qui fond. « Ah, mais arrête ! s'écriera-t-elle, vexée, au bout de trente secondes, ce n'est pas une caresse, ça, c'est une palpation. On est à la visite médicale ou quoi ? ajoutera-t-elle. — Excuse-moi, dirai-je en rangeant mes affaires, excuse-moi, je n'aime pas les filles. — Tu n'aimes pas les filles », répétera-t-elle jusque dans l'escalier où je m'enfuis (*j'aurai une sale note en maths*), « tu n'aimes pas les filles ? Mais tu ES une fille », s'étranglera-t-elle.

À mon retour de Londres, Daniel m'annonce qu'il est maintenant avec Karine, une étudiante de première année qui fume des joints et ne joue pas les pucelles. Une pute, quoi, me dis-je. Une fille facile, comme disait mémé (moi, je suis une fille difficile). Mon père crie la même chose à ma sœur un midi, au beau milieu du Jeu des 1 000 francs (« Quelle est la devise de Paris ? »), « ma fille est une pute ! », parce qu'il a trouvé une capote glauque dérivant à la surface des WC (« *Fluctuat nec mergitur* », dit Lucien Jeunesse au candidat inculte). « Non, lance-t-elle en se levant, moi je ne me fais pas payer. » Il se lève aussi, son menton tremble, il la gifle. Je vois la joue de ma sœur s'empourprer, elle s'enfuit, maman la suit en jetant sa serviette dans l'assiette de papa, je veux partir aussi. « Reste ici, dit mon père. Je t'interdis de bouger. »

Je me rassois.

Trois mois plus tard, je ferai l'amour pour la première fois sur le fauteuil inclinable de mon dentiste, le Dr Galiot, pendant que toute la famille dort à l'étage. Par hasard dans la rue, j'ai croisé Jérôme, mon faux jumeau de la clinique Sainte-Agathe, le gringalet chiant du collège. C'est juillet, il est en marcel blanc, il doit mesurer dans les un mètre quatre-vingt-dix et je me souviens que sa mère l'avait mis au judo en quatrième parce que « c'est un bon sport pour calmer les garçons », disait le dentiste à la mienne tout en me passant la fraise sans anesthésie. « Ah mais tu arrêtes de faire ta mijaurée, continuait-il à mon adresse, tu es grande maintenant, c'est juste un mauvais moment à passer, d'ailleurs je suis sûr que tu n'as même pas mal… Ça ne veut pas garder la bouche ouverte », continuait-il à la cantonade. À présent c'est la nuit, je saigne à peine sur le papier à usage unique dévidé en hâte du rouleau, le mauvais moment passe vite, très vite même. Dans la pénombre et l'odeur de Javel, un bras en travers du crachoir, c'est la silhouette métallique de la fraise, ses pattes d'insecte et, sous ma main, le dos bosselé de Jérôme qui m'emportent – et peut-être, oui, sans doute aussi le souvenir de l'appareil glacial que son père me mettait entre les mâchoires pour me les maintenir ouvertes.

Comme papa n'a pas entendu péter la châtaigne et qu'il veut me protéger des turpitudes de ma sœur, il faut redoubler de précautions. Je fais des kilomètres en Solex avec une ordonnance au nom de Claude pour aller acheter la pilule chez un pharmacien à qui le nom de Barraqué ne dit rien. Claude a eu son bac et part au Canada suivre n'importe quel cursus qui l'éloigne de Rouen. « Quand est-ce que tu reviendras ? — Jamais. »

Au lycée, je m'inscris au club théâtre, j'ai envie d'incarner Roxane ou Bérénice mais je joue Agnès dans *L'École des femmes.* Le prof est content, « tu es plus vraie que nature en ingénue », me dit-il avec une pointe d'ironie quand il voit l'empressement avec lequel j'attends Horace sur mon balcon en carton-pâte. Il ignore qu'il y a déjà au moins trois ans que son ingénue a lu *L'École des filles*, premier roman libertin paru en France en 1655, dans lequel l'innocente héroïne, contrairement à Agnès, n'ignore bientôt plus rien de « Cet engin donc, avec quoi les garçons pissent s'appelle un vit, et quelquefois il s'entend par le membre, le manche, le nerf, le dard et la lance d'amour ». J'aime bien « la lance d'amour », l'expression me touche, ce mélange de domination guerrière et de sentiment tendre est une sorte d'idéal contrasté, même si « manche » a un effet plus immédiat d'excitation humiliée – le manche du couteau, le manche de la roulette dentaire, le manche de la bêche.

Jérôme, lui, veut qu'on se marie un jour. Je suis la femme de sa vie, me dit-il. C'est la première fois que je suis une femme dans la bouche d'un homme, c'est trop tôt, moi je me sens fille (mais pas belle-fille, et surtout pas de mon dentiste). « Je t'ai aimée dès que je t'ai vue dans la cour, en sixième, le jour de la rentrée. Tu sais que j'ai pris russe deuxième langue uniquement pour être sûr d'être dans ta classe en quatrième ? — Non ! Mais pourquoi tu passais ton temps à m'embêter, alors ? Je te détestais. Tu tirais sur ma natte, tu me poussais à la cantine, tu ne disais que des trucs débiles. Une fois, tu m'as fait tomber pendant la récréation, j'ai eu trois points de suture au genou. — Oui, je sais. C'est parce que j'étais amoureux. » Il aimerait avoir trois enfants, un garçon et deux filles si possible, mais tout lui va. « Qu'est-ce qu'ils seront mignons, s'exclame-t-il, enlacé nu contre moi. Je les vois déjà ! » Il a des idées pour une maison, il dessine des plans, il se verrait bien architecte. « Regarde – il me montre un dessin –, là on ferait une salle de jeux avec une table de ping-pong, un baby-foot et même un petit théâtre de marionnettes. Tu écrirais les textes, on les jouerait à nos enfants. » C'est fou, la façon dont il dit « nos enfants », il en tremble presque. J'ai l'impression qu'il rêve surtout que je sois toute à lui, que je ne puisse plus m'enfuir. Une mère, c'est définitif. Mais moi j'ai dix-sept ans, des cheveux longs jusqu'aux reins et d'autres salles de jeux. Au lycée les garçons jouent au handball torse nu dans la cour, quand ils tirent les muscles de leurs bras durcissent sous la peau mate, la sueur fait luire leurs épaules comme des pommes croquantes, et quand ils marquent, ils distribuent les tapes amicales et les sourires vainqueurs. Leur puissance, leur beauté, leur peau me tiennent le nez collé à la vitre, « Barraqué, s'il vous plaît, pourriez-vous revenir parmi nous ? » Au club théâtre, les jeunes premiers ont fini de bourgeonner, certains se laissent pousser la barbe. Le petit chat est mort et enterré. « Ah oui, Molière. Bien, très bien », approuve mon père. « On se voit demain, plutôt, dis-je à Jérôme qui veut me raccompagner chez moi, je vais à la bib, j'ai une dissert à rendre. » Au foyer, on prépare la prochaine fête du lycée. Les feux brûlent, la saison des marrons bat son plein.

Je ne vois pas bien à quel moment ça a dysfonctionné – quand j'ai vomi la sangria après le bac blanc, quand j'ai filé ma plaquette à ma cousine ? – mais les faits sont là : je suis en retard. Très en retard, même. Le test fait à l'aube dans les toilettes me l'apprend – terreur de croiser mon père en sortant de là livide – et un rapide calcul me le confirme : je suis aussi très en retard pour régler le problème qui s'affiche en couleur sur la bandelette. Il y a moins de deux ans que la loi Simone Veil est passée mais ça ne peut pas se faire ici, à Rouen, tous les médecins connaissent mon nom. J'appelle Daniel, il continue ses études à Paris maintenant, on ne s'est pas revus depuis une éternité mais tant pis, il fait du droit, il va me dire à qui m'adresser en urgence.

Il est adorable au téléphone, me propose de prendre rendez-vous pour moi au MLAC. « Le MLAC ? — Oui, le Mouvement pour la liberté de l'avortement et de la contraception. Tu peux venir chez moi, si tu veux. Je suis vers Montparnasse. » Il est toujours avec Karine mais ils n'habitent pas ensemble, leur modèle, c'est Sartre et Beauvoir, m'explique-t-il. Le contingent et le nécessaire, etc. « Ah », dis-je. Paris change tellement les gens, il a l'air confiant et sûr de lui. Moi, bien que Rouen soit seulement à une heure vingt de Saint-Lazare, je ne suis allée que cinq ou six fois à Paris dans toute ma vie. Une fois, à sept ans, j'ai vu l'Opéra avec mes grands-parents. Une autre fois, le salon de l'Auto avec mon père. Sinon, je connais surtout la gare de Lyon à cause des départs en vacances, quand on allait à La Chaux.

La femme qui me reçoit au MLAC n'a pas l'air commode. Elle ne doit pas avoir plus de quarante ans mais comme elle ne porte pas une once de maquillage, elle fait plus vieille que ma mère. Quand elle commence à parler, sa voix douce me rassure. Elle m'explique comment se déroulera l'opération si je me rends à l'adresse qu'elle va me donner. Tout en m'en détaillant les différentes étapes, elle sort d'un tiroir une canule transparente. Je n'écoute pas. Je n'ai pas envie de savoir, je veux seulement que ce soit fini. À droite du bureau, une banderole est fixée au mur, dont les grosses lettres découpées dans du chatterton noir se décollent par endroits : MON CORPS M'APPARTIENT. « Mais je vois que vous n'avez pas dix-huit ans, me dit-elle. C'est un problème. Il vous faut l'autorisation de vos parents. » Je blêmis. « Mais, non, ce n'est pas possible. — Même pas votre mère ? » demande-t-elle. Je fais non de la tête, en fait je n'y ai même pas pensé, il ne m'est pas venu à l'idée de lui en parler. « D'expérience, les mères comprennent souvent mieux qu'on ne croit, vous savez. La vôtre est de la génération qui a connu les faiseuses d'anges, ça aide. Je vous donne le formulaire à remplir. Parlez-en avec elle. Une seule signature suffit. — Merci. Je vais le faire. »

Le médecin de la clinique des Ternes dont j'ai reçu les coordonnées est un interne qui termine sa spécialité en gynécologie-obstétrique. Je tends le papier sur lequel j'ai imité la signature de ma mère. J'ai été tentée de mettre les deux signatures mais pour mon père ma main tremblait trop, j'ai eu peur de le trahir. Il me réexplique tout, sort lui aussi une canule en plastique, ponctue ses phrases de « Vous avez bien compris ? » et me donne rendez-vous après les sept jours de réflexion prévus par la loi. « C'est une chance pour vous de décider en toute sérénité. Vous comprenez ? — Oui. — Vous en avez discuté avec le père ? — Le père ? — Oui, le père de l'enfant. Vous n'avez pas d'autre alternative ? — Non. »

Mon alternative, c'est seulement entre Jérôme et Mikis, un garçon grec en échange linguistique au lycée. Mais n'entrons pas dans les détails.

« Tu vois, il y a une chose qui m'a troublée », dis-je à Daniel qui, assis en tailleur sur la moquette de son studio, décapsule une bière, un joint à la bouche. « C'est quand il m'a demandé si j'en avais parlé au “père de l'enfant”. — Ouais ? fait Daniel. — Qu'il utilise le mot “enfant”, tu vois, ça m'a fait bizarre. — C'est idiot de dire ça avant une IVG. Parce qu'il n'y a pas d'enfant, justement. Ni de parents, donc. » Je ne sais pas pourquoi, je n'aime pas la réaction de Daniel. J'enchaîne pourtant : « Tu vois, encore plus étrange, à la fois je suis comme rassurée de sentir que j'ai, que j'abrite un enfant, enfin, un bébé en puissance, je ne sais pas pourquoi, ça me donne confiance, je me sens, comment t'expliquer ? Puissante… Et en même temps, je ne veux pas d'enfant, je crois que je n'en aurai jamais. — Pourquoi ? — Je ne sais pas. Je voudrais rester libre. Continuer à faire du théâtre, écrire une pièce, je ne sais pas, vivre ma vie. » Je sens Daniel ému. Finalement, on n'a jamais fait l'amour, me dis-je. Mais ce n'est pas le moment. Changeons de sujet. « C'est féministe, le MLAC ? Tu les connais ? Elles m'ont donné des brochures du MLF, je crois qu'après je vais adhérer, il faut être solidaires, entre filles. — Oui, c'est bien, le MLAC, c'est militant. Mais maintenant que vous avez obtenu le droit à l'avortement, la contraception, etc., il faut vous calmer. C'est fini, de brûler les soutiens-gorge et de déclarer la guerre aux hommes. Il faut viser l'entente et l'harmonie entre les sexes, à présent. — Oui, enfin, les hommes sont quand même toujours les plus forts, ils ont l'instinct de domination. Nous les filles, on subit. Moi, par exemple, tu vois, quand je sors tard le soir, même à Rouen, dans la rue j'ai peur. J'ai pris l'habitude de mettre mes clefs entre mes doigts, comme un coup-de-poing américain. Vous ne faites pas ça, vous… — Non, admet Daniel. Mais les hommes ont peur aussi, tu sais, ne crois pas ça. Sur la peur, on est à égalité. Dès la petite école, on a peur de ne pas être à la hauteur. On doit rester sur ses gardes tout le temps, se bagarrer, ne pas pleurer, impressionner les filles. On a peur de ne pas être courageux, peur d'avoir à se battre pour montrer qui est le plus fort, peur de ne pas l'être. Quand on grandit, on a peur de ne pas bander au moment où il faut, peur de ne pas assurer, peur de se faire humilier. Non, je t'assure, c'est terrible de faire le garçon. »

De retour à Rouen, pendant mes sept jours de réflexion, j'emprunte à la bibliothèque des livres sur le féminisme. Je les lis à longueur d'après-midi, en robe de chambre sur le canapé du salon. « Secoue-toi un peu, plaisante ma mère. On dirait une femme enceinte. » Je garde les yeux baissés sur la page. Des militantes des débuts – il n'y a guère plus de cinq ou six ans – témoignent de la violence des réactions. Agressions verbales, physiques, menaces au travail, en famille, en société. On les traite de salopes, de gouines, de mal baisées. « Vous connaissez la différence entre une femme et un cheval ? » demande un passant dans un reportage filmé sur une manifestation du MLF. « Aucune : il suffit de savoir les monter. » Je reconnais l'humour à la papa, qui me semble lourd soudain, pourtant je souris.

Je n'ai pas opté pour l'anesthésie générale, d'abord parce que je voulais pouvoir sortir de la clinique le jour même, ensuite parce que c'était un peu moins cher (Daniel m'avance l'argent), enfin parce que je n'aime pas l'idée d'être absente à moi-même (et si je mourais pendant l'opération ?). « Vous allez avoir mal, me prévient le médecin. La douleur ressemble à celle de l'accouchement. Ce qui ne vous dit pas grand-chose, je sais. À moi non plus, d'ailleurs. »

Que tu donnes la vie ou que tu y renonces, c'est la même douleur, me dis-je sans étonnement. C'est une revendication de solitude.

Le médecin, tout en préparant ses instruments, me demande ce que je fais comme études. Les pieds dans les étriers, je lui explique qu'après le bac je compte commencer des études aux Langues O' dans le but de devenir interprète. J'ajoute que j'ai une passion pour le théâtre, que j'ai joué dans *L'École des femmes* de Molière, je raconte le rôle d'Agnès au cas où ses souvenirs scolaires seraient trop flous. « Mais moi, dis-je en m'enflammant, mon rêve ce serait de… — Bon, arrêtez de parler maintenant, me coupe-t-il, je vais procéder. » Je me tais. Je me sens honteuse de mon flot de paroles : il faut toujours que je fasse mon intéressante.

Ensuite, je passe quelques heures allongée parmi d'autres femmes qui viennent d'avorter. Deux d'entre elles pleurent. L'infirmière s'occupe d'elles, puis le médecin s'assoit au bord de leur lit, les réconforte, essaie de les faire rire. Moi, je n'éprouve aucune émotion particulière, je me sens vide de tout sentiment, je suis sans pensée et sans douleur. On me demande si quelqu'un vient me chercher, je dis oui. À peine sortie, j'allume une cigarette, je marche en fumant, même à Paris des femmes me regardent de travers. Dans le métro bondé qui me ramène chez Daniel où je dois passer la nuit, l'anonymat de la foule me fait du bien. Qu'est-il arrivé ? Rien. Je suis une entité abstraite parmi beaucoup d'autres. Tous ces corps pressés les uns contre les autres ne forment plus qu'un bloc compact et indifférent. Leçon de choses : néant.

Daniel m'ouvre la porte, me dit « Ça va ? » dans l'interphone. Je grimpe les trois étages, j'entre dans l'appartement ; il écoute Jefferson Airplane, *Don't you want somebody to love, don't you need somebody to love.* « Nostalgie nostalgie », dis-je en enlevant mon manteau. Je l'accroche à la patère et dans la pénombre du couloir je distingue une giclure blanche qui dégouline jusqu'à l'ourlet. Je pose la main dessus, la retire aussitôt. C'est du sperme.

# II

« C'est un garçon.

Là. Regardez. Vous voyez ? »

Tu vois. Tu es hypnotisée par le petit frétillement entre les cuisses, sur l'écran scintillant. Oui, tu vois quelque chose. Il y a quelque chose. Tendu vers l'image, Christian, ton mari, a les larmes au bord des yeux, il a l'air fier – de lui plus que de toi, si tu regardes bien, mais tu ne regardes pas. Il en va de même pour toi, du reste : tu n'en reviens pas, tu as un *garçon* à l'intérieur de toi. Ce mot est ton triomphe. Tu as fabriqué un sexe qui n'est pas le tien, tu es puissante, c'est fou, il faut le voir pour le croire. Ta sœur Claude a eu deux filles, son mari avait déjà un garçon mais ce n'est pas pareil – une pièce rapportée ; et puis ils vivent au Canada, ils ne reviennent jamais. Toi tu es là, à Rouen, tu accoucheras dans la ville où tu es née. C'est ton père qui va être content, tout de suite tu penses à lui, à son espoir que tu réalises enfin, le décalant seulement d'un rang : à défaut d'être le père, il sera le grand-père d'un garçon ; tu lui donnes un petit-fils, tu lui offres un baigneur. Tu imagines le jour où il le tiendra dans ses bras. Il a gardé le Circuit 24 de ton enfance, tu le sais, tu l'as vu dans le garage, en haut du placard, tu n'en as pas cru tes yeux, depuis tout ce temps ! Il l'a même emporté quand ils ont déménagé. Il va pouvoir le descendre, remettre des piles, l'étaler sur le tapis du salon. Tu vas rendre ton père heureux – pas trop tôt.

Il l'est. Il regarde l'échographie que tu lui apportes, cligne de l'œil : « Je savais bien que tu avais des couilles, ma fille. » Vous riez. Ce paradoxe t'enivre, et peu importe alors que tu ne sois pas la première. Tu attends un garçon : un heureux événement. Tu te sens invincible, tu sors le ventre avec importance, Gras-du-bide n'inspire plus que du respect. « Je te signale, plaisante Christian quand vous vous retrouvez tous les deux, que c'est surtout grâce à moi. » Et il te montre une page de *Parents Magazine* qu'il a déchirée dans la salle d'attente : « La qualité des rapports sexuels a aussi une influence sur le sexe du bébé. L'orgasme de la femme provoque de nombreuses contractions du vagin, permettant aux spermatozoïdes masculins, les plus rapides, d'arriver encore plus vite jusqu'à l'ovule. À l'inverse, une absence d'orgasme favoriserait la conception d'une petite fille. » « Alors, merci qui ? » Vous riez, ah ah, les garçons courent plus vite que les filles, tu te serres tendrement contre lui, « mais bien sûr que c'est ton œuvre, mon amour » (avec la contribution bénévole des quarante voleurs par qui tu t'es imaginée prise de force dans la caverne d'Ali Baba, mais tu t'abstiens de les associer à votre joie).

Contre toute attente, mystère du couple, tes parents sont toujours ensemble. André a choisi de rester avec sa femme quand elle a accouché de leur second fils, ton père aime la cuisine de ta mère et elle a simplement subordonné le renouvellement du contrat conjugal à l'achat de lits jumeaux. « Vous devez être contents d'avoir un garçon », dit ton père à Christian. Ta mère tempère : « L'essentiel, c'est que tout se passe bien. Les filles, c'est bien aussi. La preuve, dit-elle en te tapotant le bras. Mes deux filles, c'est ce que j'ai réussi de mieux dans ma vie. » Elle paraît un peu ailleurs, peut-être se souvient-elle de Gaëlle. Toi, tu te rappelles la clinique des Ternes, il y a longtemps, quand tu ne voulais pas d'enfant. Plusieurs fois, les premières années, tu t'es demandé si c'était un garçon ou une fille. Mais tu n'as jamais voulu lui imaginer un visage, lui prêter vie. À présent, tu peux l'oublier. Tu es mariée, tu ne t'appelles plus Barraqué mais Charpentier, Laurence Charpentier. Le hasard est moqueur : le masculin de ton nom sonne toujours mal à tes oreilles, te laissant comme bancale ou indécise (l'accord de genre impossible en toi, quoique le mot n'ait de toute façon pas de féminin – charpentière, ça n'existe pas). Tu as rencontré Christian dans une fête à Paris, il est ingénieur, il a fait les Ponts et Chaussées, comme ton grand-père, il joue au tennis, comme ta mère autrefois, et vient de passer son brevet de pilote à l'aérodrome de Rouen. Bien que scientifique, il a été capable, le premier soir, de te réciter un poème de Ronsard, *Mignonne, allons voir si la rose*, ce qui t'a plu... Tu t'es un peu précipitée, et il t'arrive d'expliquer en riant que c'était pour honorer la promesse faite à mémé de ne pas coiffer sainte Catherine. Tu ris mais hélas, c'est vrai : tu t'es mariée quinze jours avant tes vingt-cinq ans, pour ne pas « rester fille ». Après votre mariage, vous avez passé des années à voyager, à vous distraire sans éprouver le besoin de fonder une famille. Pendant tes études de langues, tu as essayé d'écrire une pièce de théâtre, et même un roman, mais tu as finalement renoncé, tu as pensé que tu n'avais pas assez de talent, ou du moins que ton talent, c'était de te mettre au service de celui des autres. Christian est grand, brun, viril, il a quatre ans de plus que toi, tu l'aimes. Vous vous entendez bien, vous vous disputez rarement. Une seule fois, il t'a donné une gifle à te dévisser la tête, en sentant grelotter ton cerveau sous les os de ton crâne tu as pensé que tout était fini entre vous. Tu as eu un décollement de la rétine, il a fallu t'opérer au laser. La douleur aux cervicales a été plus lente à passer. Mais tu lui as pardonné, d'ailleurs tu l'avais un peu cherché, tu avais fouillé dans son portefeuille afin d'alimenter ta jalousie. Vous êtes revenus vous installer à Rouen peu après la fin de tes études, la vie est moins chère en province et ton mari est plus tranquille de te savoir près de tes parents lorsqu'il voyage. Si tu y réfléchissais, tu découvrirais sans doute que tu as exactement la vie dont Jérôme te parlait naguère, et que tu trouvais, en te moquant, tellement casanière. Tu es interprète trilingue et traductrice – vous avez décidé que désormais tu ferais surtout des traductions afin d'éviter les déplacements et de rester à la maison pour te consacrer au bébé, à votre fils, votre premier-né.

Le Dr Dubecq, ta gynécologue, aurait préféré que tu ne souhaites pas connaître le sexe du bébé lors de l'échographie du cinquième mois. D'après son expérience, quand il ne correspond pas au désir des parents, l'accouchement est plus difficile, il faut souvent faire une péridurale, voire une césarienne, comme s'il y avait une réticence inconsciente. Mais là, bon, ça tombe bien, tu as ce que tu voulais. Du reste, tu n'avais pas émis de souhait particulier ; après avoir hésité, tu n'avais même pas fait le régime alimentaire conseillé pour choisir le sexe de l'enfant. Les semaines qui suivent, elle peut donc commenter sans réserve les proportions du bébé. « Eh bien, ma grande, ce sera un pilier de rugby, celui-là », dit-elle, et tu souris aux anges, tu n'es pas étonnée, tu regrettes seulement de n'avoir plus de grand-père à qui l'annoncer. Oui, il fera du rugby, te promets-tu en silence, mais il sera ailier, comme son aïeul, c'est moins dangereux que pilier. Christian, lui, préférerait que le petit se mette à la boxe anglaise, il le voit taper avec lui dans le sac qu'il a accroché au plafond du garage ; il est beau, grand, agile, et sur le ring il a déjà de la moustache. Et puis il fera de l'avion, bien sûr. Ne reste plus qu'à trouver un prénom au futur copilote. Vous commencez à lui parler, l'oreille près du ventre, pour savoir ce qu'il en pense – Tristan ? Gabriel ? Nicolas ? – et il vous répond en morse comme dans *L'Étoile mystérieuse*, jamais la même chose. Vous vous serrez tous les trois autour de ton nombril, lapins jouant du tam-tam dans un album d'images. « Gabriel, ça ne va pas, dit ton mari un jour. Si c'était une fille, d'accord : Gabrielle, avec deux ailes. Mais pour un futur aviateur, n'avoir qu'une aile, impossible. » Tu ris. « C'est vrai », dis-tu. Comme Gaël, penses-tu. Secrètement, sans d'abord oser l'avouer, tu ne veux pas d'un prénom mixte. Dans Gabriel, on entend *elle*. Toi, tu veux un prénom viril ou, encore mieux, un prénom qui n'ait pas de féminin – Jérôme, Thierry, Bruno, Arthur…, que les choses soient claires. « Tu es folle. Ton fils te rend folle », dit Christian, et tu adores quand il dit « ton fils ».

Tu es enceinte de sept mois quand tes parents viennent te voir, ils ont une chose importante à te dire. Voilà, ton père a eu de très mauvais échos de sa consœur, le Dr Dubecq, ta gynécologue. Il est avéré qu'à plusieurs reprises elle est arrivée ivre à la clinique où elle exerce et n'a pu pratiquer convenablement l'accouchement, encore moins opérer, il a fallu qu'un collègue intervienne en urgence, du reste à quarante ans à peine elle manque d'expérience, elle peut perdre ses nerfs, et pour peu qu'elle ait ses ragnagnas, bref, « ça pue, Dubecq », dit-il. Tu es livide, tu n'as pas envie de rire. Que vas-tu devenir ? Tu as toujours été satisfaite de ta gynécologue, même s'il n'y a que trois ans que tu la connais. Elle est attentive, elle est sympathique, parfois elle t'appelle « ma grande ». Avant elle, c'était le Dr Bonnard qui te suivait, mais il est mort d'une crise cardiaque comme ton grand-père, à soixante-trois ans. Il était spécial, comme médecin, il semblait n'avoir jamais pu quitter la salle des carabins, il ne te laissait jamais repartir sans te raconter une blague salace, et tu riais, sans doute parce qu'il te rappelait ton père. Il était aussi sexologue et prônait l'épanouissement du couple par la jouissance, c'est ce qu'indiquaient les prospectus posés sur son bureau. Sa secrétaire était son épouse, une femme revêche qui ne faisait pas de publicité à ses compétences thérapeutiques. Tu te gardais bien de le consulter en la matière, même s'il t'y engageait, te sondant pour savoir si tu étais *gentille* avec ton mari, si tu faisais *des efforts*. Tu ne répondais pas, tu ne l'arrêtais pas non plus. « Vous connaissez l'histoire des deux blondes qui sortent d'une boîte de nuit en pleine campagne ? Elles sont ivres, loin de chez elles, sans personne pour les ramener, et elles commencent à marcher au bord de la route. Soudain, l'une des deux s'arrête, sa copine n'est plus à côté d'elle. Elle la cherche à travers la nuit et finit par l'apercevoir dans un champ, à genoux près d'une vache dont elle tète le pis avec application. “Mais qu'est-ce que tu fiches ? dit la première. — Écoute, dit l'autre, j'en ai marre de marcher ; et sur les cinq, y en a forcément un qui a une voiture.” » Tu ne riais que pour lui faire plaisir, parce que tu avais pris l'habitude de faire plaisir et que tu attendais ton ordonnance. Un jour, il n'avait pas reçu tes résultats d'examens, il a appelé le laboratoire, et tout en attendant la communication, il te regardait, jambes écartées sous le scialytique, dans la position où il t'avait clouée. « Bon, alors je fais comment, moi, maintenant, j'ai ma patiente qui attend avec le spéculum dans le cul ! » a-t-il éructé dans le combiné sans grand souci d'anatomie, « oui oui, le coursier, d'accord, il arrive dans cinq minutes, mais qu'est-ce qu'on va faire pour passer le temps, nous ? » et il a cligné de l'œil à ton adresse, tu as souri faiblement. Tu n'as pas été fâchée qu'une femme lui succède dans son cabinet, avec laquelle tu ne te sens pas obligée d'être complice. Et maintenant il faudrait encore changer, et en cours de grossesse ? Et si ça portait malheur… ? Depuis que tu es enceinte, tu es envahie de superstitions.

« Heureusement, j'ai une solution, dit ton père en te prenant la main. Assieds-toi, je t'explique. » Tu t'assieds, tu retires ta main – tu aimes ton père mais tu ne supportes pas son contact. La simple vue d'une peau tavelée te fait horreur, tu serres les dents, les jambes, ta répugnance est instinctive, comme celle que tu as pour les cafards ou les araignées, tu arrives à la dissimuler mais tu l'éprouves, aussi détournes-tu les yeux de ces taches que ta grand-mère appelait des fleurs de cimetière – quand tu les regardes c'est toi qui meurs, c'est ton cercueil qu'elles jonchent. Ton père, donc, a trouvé un remplaçant : le Dr Guerry. Charles Guerry. « Une vocation, comme tu vois, un nom rassurant, même si la grossesse n'est pas une maladie, ma chérie », ajoute ta mère. Tes parents connaissent bien son père, Robert Guerry, maintenant à la retraite, longtemps obstétricien à Sainte-Agathe, et ils connaissent bien Charles aussi puisque ton père l'a engagé plusieurs fois comme remplaçant à son cabinet quand il partait en vacances – un sujet remarquable, ancien interne des hôpitaux de Lille, revenu s'installer à Rouen pour prendre la succession de son père – bref, un garçon brillant, concluent-ils, oui, un garçon remarquable. « Avec lui, tu ne risques rien, tu peux y aller les yeux fermés, dit ton père. — Et puis tu vas voir, il est joli garçon, ajoute ta mère. Ça ne gâte rien. »

Tu es péniblement surprise, à plus de sept mois de grossesse, de devoir rencontrer un accoucheur que tu ne connais pas – et quel mensonge vas-tu inventer pour ta gynécologue ? Mais as-tu le choix ?

Le Dr Charles Guerry est d'un abord hautain et froid, tempéré par le fait que tu es la fille du Dr Barraqué. Cela ne t'empêche pas d'être une nullipare ignare, et pénible avec tes questions inquiètes : est-ce que le bébé n'est pas trop gros ? Faudra-t-il une césarienne ? Comment marche la péridurale ? Premièrement, ce n'est pas le *fœtus* qui est trop gros, c'est toi. Il est temps que tu te mettes au régime. Deuxièmement, la césarienne, c'est pour les nuls, les confrères tire-au-flanc qui veulent partir en vacances. Lui, il en a sorti des bien plus gros que le tien par les voies naturelles. La nature, il n'y a que ça de vrai, les femmes ont tendance à l'oublier. La douleur de même, c'est naturel. Aussi est-il personnellement réticent à te proposer la péridurale, qui d'ailleurs déçoit beaucoup les parturientes : a-t-on vraiment envie d'être absente du plus beau jour de sa vie ? Les femmes regrettent, en général : après tout, elles n'auront pas tellement d'autres occasions, dans leur vie, d'avoir un peu de courage, n'est-ce pas ?

« Il a dit : le fœtus. » Le soir au téléphone, tu es au bord des larmes. « J'ai dit : le bébé, et il m'a reprise. » Ton père s'agace : « Ah c'est comme ça vous arrange, vous les femmes ! Quand vous voulez avorter, le mot *fœtus* vous va très bien. *Embryon, œuf,* tout vous convient. Et puis toc, tout d'un coup, c'est le *bébé.* » Puis comme tu sanglotes nerveusement, il se calme – la femme enceinte est plus vulnérable que la femme ordinaire, on vous l'apprend dès le manuel de première année –, sa voix sourit : « Je t'explique, Laurence. *Fœtus* est le terme exact, il s'agit du terme technique. Le mot te choque parce que tu n'es pas scientifique, mais il est normal de la part d'un praticien rigoureux. »

Tu vas faire des courses avec ta mère, vous achetez de la laine bleu clair pour la layette, elle t'offre une grenouillère blanche. « Tu vois, me dit-elle pensivement tandis que nous patientons à la caisse, parfois je me dis que tout aurait été plus simple si j'avais eu un garçon. Ton père aurait été tellement content, tellement… Peut-être qu'il m'aurait plus aimée, avec un garçon. Sûrement. »

Tu as des contractions violentes plus de quinze jours avant le terme, un liquide pâle coule le long de tes jambes. Christian est en déplacement à Chicago jusqu'à la fin de la semaine. Il est sept heures, le jour n'est pas encore levé. Tu appelles ta mère, qui t'emmène à la clinique Sainte-Agathe, où tu es née trente-cinq ans plus tôt. « Ah, je n'aime pas cet endroit », dit ta mère en entrant dans le hall. Tu as chaud, tu as peur, tu n'appartiens pas aux souvenirs heureux, mais tu n'as qu'une chose en tête : la date. La date anniversaire de ton fils. Aujourd'hui. Mon fils, répètes-tu dans le berceau d'échos qu'est ton crâne. Mon fils. Comme c'est étrange de prononcer une parole que tu n'as encore jamais dite. Les mots aussi sont nouveau-nés.

Tu as chaud parce que tu as trente-neuf de fièvre. Le cœur de ton bébé bat sur l'écran du monitoring, ce qui te rassure parce que tu ne le sentais plus bouger depuis deux ou trois jours. « C'est qu'il est gros, il n'a plus la place », t'avait expliqué ton père. Les sages-femmes de Sainte-Agathe sont des laïques à présent – sœur Catherine, qui t'a mise au monde, est morte depuis longtemps. Elles ne portent plus de cornettes mais des coiffes roses, elles vont et viennent car c'est la relève de l'équipe de nuit. On t'installe en salle de travail, ta mère descend remplir les papiers, téléphoner à ton mari. Tu restes seule, Chicago-Rouen, c'est loin, Christian arrivera trop tard. Tu souffres, tu ne sais plus si vous aviez choisi Gilles ou Arthur avant son départ.

Pendant ce temps-là, la sage-femme de l'équipe de jour prévient le Dr Guerry que tu as de la fièvre, une infection sans doute, elle attend ses directives. « Je viens », dit-il.

La vérité, c'est que le Dr Guerry est encore au lit et que cette nouvelle le contrarie. Nous sommes lundi, et si tu avais eu la bonne idée d'accoucher la veille, il n'aurait rien eu à décider, il n'était pas de garde. Maintenant, au contraire, il devine dans la voix de Roselyne, la sage-femme, une certaine urgence. Il n'aime pas ça, ce n'est pas dans son caractère. Il n'aime pas décider, il n'a pas l'habitude. Il a fait médecine parce que son père l'y a poussé ; lui rêvait de partir loin, de récolter des plantes, de créer des parfums. Enfant, il ramassait des fleurs dans le jardin et les pilait avec des herbes pour en modifier la senteur dont il barbouillait ensuite le cou de sa mère. Et maintenant, il lui faut retrouver l'odeur de sang, de merde et d'éther qui enveloppe sa vie. Alors il se lève, met la cafetière en marche, allume la radio, écoute les infos, la météo – il va neiger en Normandie –, se beurre une troisième tartine. Puis il prend une longue douche, s'habille, hésite entre plusieurs cravates, rappelle son ex-femme qui lui a laissé un message très sec à propos de la prestation compensatoire. Le premier jour de son entrée à la faculté de médecine, il y a quinze ans, le professeur Gaubert, un grand ponte ami de son père, avait commencé ainsi son discours : « Bonjour à tous. Vous entreprenez aujourd'hui un long chemin pour le succès de vos espoirs les plus chers. Comme vous le savez, la sélection est rude et je tiens à vous donner les dernières statistiques : seuls quatorze pour cent des étudiants présents dans cet amphithéâtre deviendront médecins. Mais je vous rassure, mesdemoiselles : avec de la persévérance, plus de cinquante pour cent d'entre vous deviendront femmes de médecin. » Tout le monde avait ri, sauf quelques pisse-vinaigre. Mais il aurait dû entendre le message, son manque de lucidité lui coûte cher. S'il pouvait l'avouer sans faire du tort à sa carrière, il admettrait qu'il n'aime pas beaucoup les femmes. Il ne les comprend pas. Qu'est-ce qu'elles veulent ? L'amour, l'argent, la sécurité, le sexe, l'aventure ? Cela reste une énigme, mais il n'a pas envie d'en devenir le détective. Il lui arrive même d'être pris de nausées devant leurs vergetures et leurs muqueuses violacées, sans personne à qui le confesser.

Hier, comme tous les dimanches, il a accompagné sa mère à la messe avant de déjeuner dans la maison familiale – elle porte Shalimar de Guerlain, pas tout à fait assez discrètement pour l'office dominical, a-t-il pensé. Son père lui a demandé comment se passaient ses débuts à Sainte-Agathe – il n'y exerce que depuis quelques mois – et, tout en caressant d'une main à son revers la rosette de la Légion d'honneur, a enchaîné sur les sempiternels conseils tirés de sa propre expérience. Ce qui met le Dr Guerry père en colère, c'est l'incompétence des jeunes médecins, plus pressés de rembourser leurs crédits que d'apprendre leur métier. Et pourtant, quelle plus belle vocation, donner la vie ? C'est lui qui a poussé son fils Charles dans la voie royale puis l'a recommandé à la clinique. C'est un garçon un peu timoré mais il devrait finir par faire son trou. Sa fille aussi a suivi ses traces, elle est infirmière et a épousé un cardiologue. Non, les jeunes confrères n'ont pas de couilles, s'est-il une fois de plus emporté, ils cèdent à toutes les nouvelles modes, la césarienne, la péridurale à tout-va. « Tu ne vas pas donner là-dedans, toi, Charles, n'est-ce pas ? » a-t-il dit en se resservant du gigot. « Bravo Anne-Sophie, ce gigot de sept heures est une merveille. » Sa femme a souri, elle a tracé le signe de croix sur le pain.

Charles Guerry arrive sur le parking de la clinique à dix heures. Il monte à l'étage, enfile sa blouse, salue les sages-femmes dans le couloir puis décide de commencer par la visite de sa seule accouchée, auprès de qui il s'attarde en plaisantant. Elle veut une photo avec lui et le bébé qui est arrivé comme une fleur la semaine passée sans qu'il ait rien à faire, alors il pose de bonne grâce, sourire aux lèvres, endosse volontiers le rôle reconnaissant du père qu'il n'est pas.

Enfin il entre dans ta salle de travail d'un pas affairé, blouse ouverte comme par un coup de vent sur un costume gris, il est dix heures trente. Il y a trois heures que tu es là, tu es en nage, tu n'as pas osé te plaindre, demander de l'eau, tu ne veux pas déranger. Tu aurais dû, les sages-femmes sont là pour ça, t'explique-t-il. Il te fait mettre les pieds dans les étriers, t'examine, inspecte la courbe du moniteur. Derrière lui, Roselyne, la sage-femme, te sourit d'un sourire inquiet. « Je lui donne des antibiotiques ? suggère-t-elle. — On va voir, répond-il. — Il va falloir césariser, n'est-ce pas ? poursuit-elle. — Peut-être. On va voir. — Mais... », dit-elle. Il la toise et sort. Tu as peur, tu as mal, mais ce n'est pas le moment de faire ton intéressante ; et puis tu as confiance dans le garçon brillant, toi aussi tu vas avoir un garçon brillant, dont le cœur bat la chamade sur l'écran maculé d'empreintes de doigts. Ta mère est repartie, on la préviendra quand ce sera le moment. À Chicago, Christian cherche un avion.

Le médecin revient à midi. Tu souffres de toutes tes forces, tu endures la noble douleur des mères qui te broie les entrailles mais tu aimerais, tout de même, si c'est possible, sans vouloir te plaindre ou insister, tu aimerais qu'on te fasse une péridurale. Il agite les mains pendant que tu parles, non non, voyons, ce n'est pas possible, tu risquerais une infection, de toute façon tu n'en as plus pour longtemps, le col est dilaté, la tête du fœtus est presque engagée, ce pourquoi d'ailleurs la question de la césarienne ne se pose plus non plus. Un peu de courage ! Un peu de patience ! Tu vas accoucher par voie basse d'ici une heure, et voilà le travail.

Tu accouches trois heures plus tard en présence de la sage-femme et de trois hommes dont tu ignores la fonction, on ne te les a pas présentés, ils font cercle autour de ton sexe ouvert. L'un porte un nœud papillon, il est ridicule, penses-tu entre deux poussées. « Allez-y, vous, vous avez les mains plus petites », dit soudain le médecin à Roselyne, s'effaçant d'entre tes jambes pour lui laisser la place. Pourquoi devient-on accoucheur si on a les mains trop grandes ? La question s'évapore : ton cerveau mal oxygéné dissout le monde. Enfin, au moment où tu vas t'évanouir (ce noir, soudain), tu sens le corps de ton bébé s'étirer longuement hors de toi sans un bruit, tu épouses chaque détail de lui, sa tête, ses jambes, ses talons. Ton fils. Une robe rose que tu as vue dans un magazine, avec de la dentelle aux manches, te retient du côté de la conscience, comme accrochée au cintre : tu seras belle dedans, avec ton bébé dans les bras, en barboteuse bleue de laine douce. Tu enverras la photo de vous à tout le monde pour annoncer sa naissance.

Pendant que tu t'admirais dans la robe rose, tout le monde est parti, s'est comme enfui de la pièce. Pas un mot n'a été échangé. Tu reviens à toi. Tu es seule et tu n'entends rien, n'est-ce pas bizarre que ton bébé ne crie pas sur ta poitrine ? Est-ce que normalement on ne le pose pas tout de suite sur le sein de sa mère ? Ou bien sont-ils partis le nettoyer, prendre ses mesures ? Tu ne sais pas, c'est ton premier enfant. Ta mère ne t'a pas raconté. Ton corps épuisé se tend à l'écoute d'un pleur, mais rien. Personne. Les garçons ne pleurent pas, te souviens-tu, c'est peut-être pourquoi tu n'entends rien.

À peine l'enfant extrait, passé des mains de la sage-femme à celles du pédiatre, le Dr Guerry ne sait plus quoi faire. S'il s'écoutait, il rentrerait chez lui. À nouveau, il n'y a plus rien à décider, l'avenir n'est plus de son ressort. Il s'enferme dans son bureau, respire le tube d'alcool de menthe qui ne quitte pas son tiroir et appelle son père. « Oui, une tuile, un accouchement qui s'est mal passé… Non non, totalement imprévisible, la vraie couille dans le pâté : dystocie des épaules, souffrance fœtale, anoxie. Non, il n'est pas décédé, le pédiatre l'a pris en charge, mais le score d'Apgar est très bas. On a appelé le Samu. Quoi ? La mère ? Comment ça, la mère ? C'est la fille du Dr Barraqué, tu sais, le généraliste chez qui je faisais des remplacements. Oui oui, bien sûr, j'y vais, je te rappelle. Comment ? Primipare. Trente-cinq ans. Oui, tu as raison, je vais le faire, bonne idée. »

Il revient. La salle de travail est vide, il n'y a que toi, en eau, en sang. T'avait-il oubliée ? Tu demandes comment va ton bébé, pourquoi il n'a pas pleuré, il te répond qu'on s'en occupe, que tu vas le voir bientôt. Roselyne passe la tête par la porte, elle a l'air exténuée, les cernes noirs, le regard fuyant, et elle repart aussitôt après avoir chuchoté deux mots à l'oreille du médecin. « Je vais vous recoudre », t'annonce-t-il. Entre tes jambes, le visage impassible, il tire mélancoliquement sur l'aiguille. Un bref instant ce geste familier te rassure, il te rappelle ton arrière-grand-mère, le visage au coin de la lampe. Tu ne sens rien, aucune douleur, tu n'es plus qu'œil et ouïe, vigie, guetteuse à la meurtrière. Tu n'existes pas, tu écoutes. Un homme fait de la couture au pied de ton lit. De son côté, sur le conseil de son père, le Dr Charles Guerry te fait le *point du mari.* Il ne t'explique pas ce que c'est, tu as d'autres chats à fouetter, mais voilà : comme tu as été complètement déchirée, bien serrer l'orifice vaginal permettra plus facilement à ton conjoint de reprendre une vie sexuelle. Tu vas en avoir besoin : comme tu as déjà trente-cinq ans, il ne faut pas perdre de temps pour avoir d'autres enfants, tu comprends ?

Tu comprendrais peut-être s'il t'expliquait : qu'il fait ça pour toi. Qu'il ne peut rien faire d'autre pour toi.

Une femme en blanc est soudain debout à ton chevet. Elle se présente, elle est pédiatre à l'hôpital général de Rouen, elle accompagne le

Samu qui, à la demande de la clinique Sainte-Agathe, est venu chercher ton bébé. Penchée au-dessus de toi comme sur un berceau, elle te parle de très près, son visage presque collé au tien, tu vois sa peau piquetée de pores dilatés, les cernes sous ses yeux, sa fatigue et sa jeunesse. Elle serre ta main dans sa main et de l'autre caresse ton front, tes cheveux tout collés par la sueur. Sa voix est douce. « Je vais emmener votre bébé – c'est un garçon, vous le saviez ? Il ne va pas bien, il a mis beaucoup de temps à respirer. Nous allons faire tout notre possible pour qu'il vous soit rendu bientôt en bonne santé. Mais les chances sont minces et je dois vous le dire : il est possible, il est probable, plus probablement, vous n'aurez pas, enfin, peut-être qu'il n'y aura pas de bébé. » Elle bredouille, tu fais signe des paupières que tu as compris, tu chéris ses larmes au bord des yeux, c'est tout ce que tu peux recevoir, le don des larmes. Elle te demande comment il s'appelle, tu secoues la tête, tu ne sais pas comment il s'appelle, auras-tu jamais l'occasion de l'appeler, tu voudrais qu'elle te dise oui, mais oui, bien sûr, vous l'appellerez et il viendra, il accourra du fond du jardin. Elle attend, il faut que tu te dépêches, tu ne veux pas donner le prénom choisi, tu cherches un autre prénom, le prénom d'un autre enfant, pas celui-là, un autre, le prénom d'un enfant qui peut mourir. Elle attend, ses yeux sont tristes, elle approche de ta bouche son oreille où tu chuchotes comme un secret trahi, « Tristan, Tristan », dis-tu,

« Tristan », répète-t-elle – elle prend ce nom et elle l'emporte.

Des minutes passent. Tu es couchée dans un cercueil de temps. Puis le nœud papillon revient. Il se dresse à tes côtés, bras le long du corps, soldat de plomb. Il a comme un claquement des talons, garde-à-vous, et dit : « L'enfant est mort. » Tu cherches ses yeux, mais non. Il te serre la main et sort. Tu restes seule avec la phrase, tu l'apprends.

L'enfant est mort. De qui s'agit-il ? Il n'a pas de nom, il n'a pas de sexe, il n'a pas de parenté. Qui est-ce ? C'est l'enfant que tu n'as pas.

Des heures s'écoulent, la pensée est stupide, frissonne et fuit. Tu gis au champ d'honneur sur un drap ensanglanté. Le souvenir oublié de ton avortement te revient, c'était dix-huit ans plus tôt, tu étais restée deux ou trois heures à la clinique après l'intervention, tu étais seule, comme maintenant, tu n'avais même pas prévenu Jérôme. La honte et le regret empoignent ton chagrin. Ton châtiment est démesuré. « Je suis désolée », dit la sage-femme. « Qu'est-ce qui s'est passé, ma fille ? » dit ton père, défiguré. Il voudrait parler à l'accoucheur mais le lundi après-midi, celui-ci a des consultations privées. Ta mère se tait sur une autre scène du temps. Les mots manquent. Le soir, on t'apporte un plateau-repas. C'est du jambon avec des coquillettes, ton plat préféré quand tu étais enfant. Pendant qu'on te parle, « il faut manger », décide ton père, tu coupes avec application le pain et le jambon en morceaux minuscules qui débordent de l'assiette, du plateau. Ton père et ta mère échangent des regards inquiets, à te voir ainsi couvrir ton lit de petits bouts.

Enfin, ton mari entre dans la chambre. Il est gris, il tremble. Quand il te prend dans ses bras, il fond en larmes, te serre à t'étouffer, vous sanglotez. Puis il s'arrache à toi, s'éloigne dans un coin de la pièce et pleure tout seul, adossé au mur. Tu n'avais jamais vu ton mari pleurer. Sa douleur est si vive que ton père s'avance et l'étreint. « Courage », murmure-t-il. Et comme Christian, qui a perdu tôt ses parents, s'abandonne au geste affectueux de son beau-père et s'écroule contre lui, celui-ci lui tapote le dos, « courage Christian » puis, les sanglots grossissant, le saisit aux épaules, « sois fort » (il le tutoie, c'est la première fois depuis que vous êtes mariés), il le redresse, « allez, mon garçon, du courage », le maintient debout plaqué au mur, « sois un homme ».

Tu les regardes.

On dit : « Sois un homme. » On ne dit jamais : « Sois une femme. »

Le lendemain, sur la proposition de l'hôpital et contre l'avis du Dr Guerry, tu sors deux heures de la clinique pour aller avec Christian voir votre fils à la morgue, dans les sous-sols du CHU. À peine sortie, tu veux y retourner, tu veux le prendre encore une fois contre toi, la dernière, lui dire quelque chose à l'oreille, mais on ne te laisse pas revenir, tu restes collée à la porte vitrée derrière laquelle un employé te fait non avec le doigt. Deux jours plus tard, le matin de l'enterrement, tu quittes définitivement l'étage de la maternité où tu étais censée te reposer parmi les pleurs des nourrissons et les rires des mamans – « Il faut vous *reposer*, avait dit le médecin, l'air soucieux de ta santé. Vous êtes faible, vous ne devriez pas vous lever. » Finalement, il avait accepté de te laisser sortir – il t'a fait remplir une décharge de responsabilité, qu'il t'a regardé signer.

Christian n'est pas venu te chercher, il assiste à la levée du corps, mais tes parents t'attendent dans le hall de Sainte-Agathe pour t'emmener au cimetière ; assis de dos sur les sièges en plastique, ils ne t'entendent pas arriver. « Le pauvre, il doit se sentir si mal », dit ton père. Tu t'immobilises. Ils parlent de ton mari, penses-tu, c'est toujours pareil : même à présent, dans un tel moment, tu passes après, tu ne comptes pas. « Commencer dans la carrière par un drame comme ça, c'est dommage, un garçon si brillant. — Oui, dit ta mère, il a voulu trop bien faire, il s'est mis la pression. — Je lui écrirai un mot, dans quelque temps. Inutile qu'il se fasse un ulcère, ça arrive à tout le monde. Il n'a pas mérité ça. Et je téléphonerai à son père. — Oui, dit ta mère, ça peut l'aider à passer le cap. »

Tu restes pétrifiée. *Ça n'arrive pas à tout le monde, ça m'arrive à moi. À moi. À moi, Laurence. Votre fille. C'est moi qu'il faut aider. Est-ce que moi, j'ai mérité ça ?* Tu voudrais protester mais tu ne sais pas – protestante n'est qu'un mot vide transmis par ton père, et on ne t'a pas appris à te faire entendre. Tu recules hors de la pièce, avec ton bagage plein de layettes bleues tricotées par tes soins, le carnet de santé à couverture plastifiée bleue et le bracelet de naissance bleu avec le prénom Tristan. On représente toujours la mort comme une femme, alors que c'est un cavalier bleu, tu le sais bien, toi, tu le vois galoper tous les jours en éteignant les lumières dans les yeux.

Après le cimetière où sous la terre, côte à côte dans de petits cercueils blancs, Gaëlle et Tristan forment un jeune couple incestueux, tu rentres chez toi. Ton mari est reparti à Chicago juste après la cérémonie, c'est un contrat important, il ne peut pas se permettre de le rater. Le soir, en prenant ta douche, tu sens une grosseur se former entre tes cuisses, qu'est-ce que, d'une seule poussée tu accouches d'une masse gélatineuse qui s'écrase à tes pieds dans la baignoire. Un film d'horreur te tombe dessus. Tu hurles, tu hurles mais tu es seule, personne n'entend, personne n'accourt. Tu te précipites nue sur ton téléphone et tu appelles ton père en frissonnant : il est médecin, il va t'aider. « Calme-toi, ma chérie, dit-il, tu es hystérique, je ne comprends rien à ce que tu me racontes. » Tu te calmes et tu lui décris la chose, une méduse de gomme sanguinolente aux bords ourlés comme une algue. « Ce doit être du placenta, ajoutes-tu, car tu ne vois pas ce que ça peut être. — Mais tu dis n'importe quoi, voyons, réplique aussitôt ton père. Ça ne peut pas être du placenta. C'est impossible. — Si, c'en est » (tu te souviens d'un dessin sur un livre que tu as lu pendant ta grossesse), « d'ailleurs qu'est-ce que ça peut être d'autre ? Mon utérus qui dégringole ? » Tu cries. « Arrête, Laurence, ne sois pas stupide. Tu n'y connais rien, voyons. Ce n'est pas du placenta, point. Et calme-toi, arrête de crier. — Mais c'est quoi, alors ? cries-tu. — Je ne sais pas, mais ce n'est pas du placenta, c'est tout. Mets-le dans de l'eau salée, j'arrive. »

Il arrive chez toi vingt minutes plus tard. Tu as mis la gélatine dans un bocal, tu trembles de la tête aux pieds. Il élève le bocal à hauteur de ses yeux. « C'est bien ce que je disais, ce n'est pas du placenta. C'est, ce sont… » Il cherche ses mots. « Ce sont des villosités banales, c'est… — Des quoi ? » Tu t'entoures la taille de tes bras. « Je ne vais pas te donner un cours de médecine maintenant, ma pauvre enfant, ce serait trop compliqué. Mais ce n'est rien, rassure-toi, tout est normal. Tu feras faire une petite vérification de l'utérus par une sage-femme demain, c'est tout. Bon, plus de peur que de mal », dit-il en dévissant le couvercle. Et avant que tu aies pu poser d'autres questions, il jette le contenu dans les toilettes et tire la chasse, « allez zou », dit-il.

« C'était du placenta, aucun doute là-dessus,

explique-t-il le soir même au Dr Guerry père. Un bon morceau. Je ne sais pas ce qui s'est passé mais votre fils Charles a complètement perdu les pédales pendant l'accouchement de ma fille : il a refusé de césariser alors qu'il le fallait, et même après… Comment n'a-t-il pas vérifié que la délivrance était complète ? Quelle faute ! Même un débutant ne fait pas ça ! — Je, oui, je ne comprends pas. Il a dû être bouleversé par le drame, il a perdu ses moyens. — Heureusement que ma fille s'est levée pour aller à l'enterrement de son petit, sinon, si elle était restée couchée, elle aurait gardé ça dans l'utérus, elle aurait pu faire une septicémie, ou pire… Vous vous rendez compte ? — Je suis vraiment désolé… Est-ce qu'elle va, enfin, elle veut, porter plainte ? — Non, de ce côté-là c'est arrangé, il n'y aura aucune suite. Mon gendre veut demander une expertise du dossier, mais il n'y sera pas fait mention du placenta, rassurez-vous. Même le Conseil de l'ordre n'en saura rien. — Merci infiniment, cher confrère, votre compréhension vous honore. Je ne sais comment vous… — Ça ne nous rendrait pas le petit, de toute façon. Je le fais pour votre fils, cher ami, je le connais : c'est un garçon brillant, il va se roder, il faut lui laisser sa chance. »

Ton père raccroche. Lui aussi est soulagé, ses remords s'allègent dans cette oblation. Si c'était remonté jusqu'au Conseil de l'ordre, qui sait ce qui s'y serait révélé. Deux mois plus tôt, alors qu'il se promenait avec ta mère au jardin de l'Hôtel-de-Ville, il a rencontré Charles Guerry, son ancien remplaçant. Ils étaient contents de se revoir, ta mère l'a trouvé grand et beau, toujours aussi joli garçon, ils ont échangé des nouvelles. Charles leur a expliqué qu'il venait de s'installer comme obstétricien, qu'il n'avait presque pas de patientes encore, qu'il espérait que sa patientèle allait s'étoffer parce qu'il venait de divorcer et qu'il avait des frais. Ils ont eu envie d'aider ce garçon si prometteur, de lui donner un coup de pouce en lui confiant leur fille. C'était délicat, tu risquais de ne pas vouloir, il fallait trouver un moyen. Comme dans le conte du *Petit Poucet*, le soir même à la table du salon, ils ont discuté de la trahison. Mais à la différence du conte, tu n'étais pas cachée derrière la porte, tu ne les as donc pas entendus chercher le moyen de te perdre, tu n'étais pas là quand ils ont inventé de te dire que ta gynécologue était alcoolique.

Quinze jours plus tard, vous dînez chez tes parents, Christian et toi. Ta mère est partie se coucher. Vous restez tous les trois au salon, la télé en arrière-fond, vous buvez un whisky. « J'ai réfléchi, dit soudain ton mari en fixant le fond de son verre comme un ennemi, j'ai réfléchi à un moyen de le tuer. — Tuer qui ? » Tu le regardes – ses cernes presque noirs, sa mâchoire serrée. « Lui. Ce connard. » Ton père et toi échangez un coup d'œil. « Sans me faire prendre, évidemment », ajoute-t-il, les yeux fixes, comme si cette précision devait te rassurer. « Je n'irai pas en prison pour ce salaud, ça non. » Il se tait un instant ; s'échauffant au goût de l'alcool, son chagrin trouve un apaisement dans la haine et l'imagination. « Si je le tue à son cabinet, par exemple (je peux très bien attendre que sa secrétaire soit partie), ensuite je me précipite à l'aérodrome, je vole jusqu'à, mettons Hyères ou Ajaccio, et comme ça j'ai un alibi. » Tu es hébétée. Tu cherches quoi répondre quand ton père dit : « Mais non, vous n'auriez pas d'alibi, Christian » (il le vouvoie à nouveau depuis le jour des obsèques), « réfléchissez un peu : tout le monde saurait, pour l'avion – à l'aérodrome ici, à l'aérodrome d'arrivée, vous seriez obligé de vous annoncer. La police vous attraperait tout de suite. » Tu sais gré à ton père d'avoir habilement fait glisser le délire du présent au conditionnel, quand celui-ci reprend : « Non, ce qu'il faudrait, c'est que je le fasse, moi. J'emprunte la Ferrari de mon copain Georges, de l'Automobile club, je la planque dans le garage pour que personne ne me voie, et dès que j'ai flingué le gros nul, je pars d'une traite en Belgique ou en Hollande : à deux cent cinquante kilomètres à l'heure, on ne pourra pas soupçonner que j'étais sur place à l'heure du crime. — Ouais, reprend Christian, mais vous vous ferez flasher sur le trajet, ce n'est pas possible autrement… — Pas si j'étudie l'itinéraire à l'avance pour éviter les radars. — D'accord, mais vous croyez que vous pourrez garder une bonne moyenne si vous ne prenez pas l'autoroute ? Ça m'étonnerait fort que vous puissiez dépasser le cent dix… — Avec une Ferrari ? Vous rigolez ? — Oui, enfin il faut avoir des réflexes, et puis votre vue ne doit plus être au top, à votre âge. — J'ai encore fait le rallye de Monte-Carlo l'année dernière, vous savez, Christian, je ne suis pas aussi *has been* que vous croyez. »

Tu les regardes. Deux garçonnets fanfaronnent en comparant leur kiki, leur joujou. Ils ont déjà oublié le pourquoi de la conversation et filent à fond de train dans leur fusée, leur bathyscaphe, enfourchent leur coursier, leur bolide, leur destrier, prêts à ferrailler pour leur seule visée : être le plus fort. Être plus fort que celui qui se croit le plus fort. Ils t'attendrissent (leur chagrin de garçon), ils t'exaspèrent, ils t'abandonnent. Tu n'as plus ni mari ni père, tu es une fille perdue dans la réalité, déchiquetée par un monstre dont aucun roi ni fils de roi ne va te sauver.

Quelques semaines après la mort de Tristan, le rapport d'expertise vous est transmis. « Le médecin a l'obligation de soins. Il n'a pas l'obligation de résultat », est-il rappelé en préambule. Le rapport ne conclut pas à une faute médicale mais à une « *perte de chance* » : une césarienne t'aurait donné plus de chances d'avoir ton bébé, c'est tout ce qu'on peut dire. Une perte de chance… Tu pèses ces mots, ils te pèsent. Jamais un coup de dés n'abolira le hasard. Tu n'as pas eu toutes les chances de ton côté le jour de ton accouchement, c'est exact, quoique tu ignores à quel point. Crucifiée sur l'autel des alliances mondaines, sacrifiée au corps médical les pieds dans les étriers, écartelée sous le soleil scialytique, c'est la leçon de choses la plus cruelle dont tu aies jamais eu à subir le scénario, celui-là tu n'aurais pas pu l'imaginer. Mais la perte de chance remonte à bien plus loin, c'est une très vieille histoire, qu'on pourrait croire à tort écrite pour ailleurs ou pour autrefois. La perte de chance, ici et maintenant, c'est d'être quelqu'un qui ne choisit pas, qu'on manipule, le jouet d'un mensonge, l'objet d'une machination, l'enjeu d'un accord tacite, une personne dont le sort, la vie, le malheur et la joie se décident à côté d'elle, en dehors d'elle, malgré elle, chez les parents, les maîtres et les hommes. La perte de chance, tu vois, c'est d'être une fille.

Un jour, tu vas à l'hôpital. On t'avait indiqué que tu pouvais venir chercher le dossier médical de ton fils mais tu ne l'avais pas fait. Finalement tu as pris rendez-vous et te voilà. C'est un matin de brouillard, Rouen semble émerger du Moyen Âge, on s'attend à en voir sortir tout armée Jeanne la Pucelle. Tu ne connais pas le médecin qui te reçoit, c'est une sorte de médiateur qui peut répondre à tes questions si nécessaire. Tu lui demandes juste à quoi ressemble le placenta, il n'a pas l'air étonné et te montre un dessin – les vaisseaux sanguins, la veine ombilicale, les villosités. Tu ne dis rien, dans ta mémoire ton père tire la chasse d'eau. Vous parlez de choses et d'autres. Le médecin emploie à ton sujet l'expression « grossesse précieuse » et tu n'en comprends pas le sens, tu sais très bien que ça ne peut pas signifier « attendre un garçon », bien sûr que non, personne n'est aussi franc, mais tu ne vois pas du tout ce que ça peut vouloir dire d'autre et l'angoisse te lacère discrètement le ventre – toi-même, tu en es sûre, tu n'es pas le fruit d'une grossesse précieuse. Tu lui fais part aussi de tes inquiétudes pour la suite. Il est très gentil, te répond qu'au vu de ton dossier médical, il n'y a aucun obstacle pour que tu « *en fasses un autre* ». Il te sourit. Tu te tais. *Un* autre ? C'est une façon de parler, le masculin l'emportant sur le féminin. C'est purement grammatical. Un *autre* ? Tu ne veux pas d'un autre, tu veux le même.

Puis le médecin s'empare d'une enveloppe. Ce sont des photos de Tristan prises par le personnel du service (il appelle Tristan par son prénom, tu n'en reviens pas), elles sont pour toi mais tu n'es pas obligée de les regarder maintenant. Tu fais si de la tête. Il prend les Polaroid et te les tend, tu allonges le bras mais vous – toi ? lui ? – n'êtes pas coordonnés et l'enveloppe tombe par terre. « Oh ! Ça tombe », dit-il. Tu te baisses pour la ramasser, tu t'accroupis comme au bord de sa tombe pour en sarcler les mauvaises herbes, et il est là. Tristan. Pas sur la photo. Là, son corps, dans la pièce, et il t'aime, et tu l'aimes. Ni enfant ni fantôme, ni vrai garçon ni pur esprit. Une présence sans apparence nette, sans visage et sans âge, une apparition. Mais là, bien là. Et il t'aime, et tu l'aimes. C'est une évidence.

« Je ne veux pas d'un autre. Je veux le même. Je veux lui. »

Dans la voiture, assise moteur coupé, tu te rappelles avoir lu la veille, pour les besoins d'une traduction, ce passage de Marcel Proust où le narrateur, alors qu'il n'a pas pensé depuis longtemps à sa chère grand-mère disparue, se souvient, en se baissant pour délacer ses bottines, qu'elle faisait ce geste à sa place, autrefois, quand il était très fatigué. C'est ce mouvement – se baisser vers ses bottines – qui lui rend le souvenir et l'amour fou de sa grand-mère. En te baissant pour ramasser les photos, tu as toi-même ramené ce passage du livre à ta mémoire, et avec lui la résurrection, ou plutôt « cette contradiction si étrange de la survivance et du néant », cette absence-là. Ce moment va se reproduire, ne t'inquiète pas – Tristan va se reproduire, ce n'est pas fini, promis, tu vas le revoir, tu vas faire renaître le réflexe de sa fugitive présence, mais seulement si tu ne cherches pas à le provoquer, à le convoquer. La grâce doit être naturelle, ou pfftt, elle s'évapore… Tu es chez toi, dans la rue ou l'autobus, seule ou entourée, tu t'agenouilles pour ramasser quelque chose ou rattacher la bride d'une chaussure et là, sans prière, sans pensée, sans rien, un ange passe, et c'est lui, Tristan, cet absent-là – ton garçon qui fait son tour pour rester encore dans ton cœur.

# III

« C'est une fille. »

Christian n'était pas là pour l'échographie du cinquième mois, je l'ai appelé en Chine. J'aurais voulu garder une voix neutre, un ton factuel, mais je n'ai pas réussi. « Tu es déçu ? ai-je demandé. — Pas du tout, a-t-il répondu. Une fille, c'est bien aussi, enfin je veux dire : c'est aussi bien. »

Je suis allée dans la chambre au bout du couloir. Toutes les affaires que j'avais achetées ou tricotées pour Tristan étaient rangées dans le dernier tiroir de la commode, je n'avais pas pu décider si je devais les jeter ou non. Je me suis agenouillée (*bonjour mon chéri*), j'ai pris le petit bonnet de laine bleu que j'avais fait en double à l'époque, je ne sais pas pourquoi, les paires de chaussons, les brassières, j'avais tout fait en double, comme si j'attendais des jumeaux. Avant l'échographie, je me demandais si un bébé vivant pouvait porter les vêtements d'un mort, du moins les vêtements destinés à un mort – est-ce que c'était dangereux, est-ce qu'ainsi je transmettais le chagrin, ou la malchance, à la manière des prénoms que les enfants mélancoliques ont parfois hérités d'un frère mort, comme Van Gogh, dont l'aîné mort-né s'appelait Vincent – je me suis rappelé ses bleus sauvages, ses jaunes à l'espoir trahi, sa fin. À présent, sachant que j'attendais une fille (*ce n'est pas toi que j'attends, Tristan*), je doutais si une fille pouvait sans risques endosser des habits de garçon, n'était-ce pas un sacrilège, une mesure d'économie mesquine et pernicieuse pour le développement d'un enfant, une monstruosité ? N'aurais-je pas dû alors en tricoter d'autres aussitôt et jeter ceux-là, devenus inutiles (*ce n'est pas toi qui vas revenir, Tristan*). Finalement, j'avais tout gardé, plié soigneusement dans la commode. Dans le miroir, j'ai aperçu mon visage creusé, mon ventre très gros déjà, ballon ovale. Adolescente, c'était le visage de mon père que je voyais dans la glace, par moments, et la ressemblance m'inquiétait sur ma féminité autant qu'elle me rassurait sur sa paternité – j'étais bien la fille de mon père. Depuis deux ans, c'était Tristan que j'apercevais, oh ce bébé dans ma figure, ses joues couleur ivoire comme une poupée ancienne – j'étais bien la mère de mon fils. *Ce n'est pas toi que j'attends, Tristan. C'est une fille.* Je lui parlais encore mais il n'était plus seul. Il le savait. Je le sentais se pelotonner dans mon souvenir, se faire tout petit. J'abritais un fœtus et un fantôme. J'étais moitié berceau moitié cercueil. *C'est…* Dans mon ventre un grand coup de talon a mis fin à la discussion, et vlan, comme quelqu'un qui ferme un tiroir du pied. J'ai grimacé, *ta sœur.* J'ai souri en posant la main sur mon nombril. Elle n'était pas encore née mais elle avait déjà son petit caractère.

La nuit parfois, surtout quand Christian n'était pas là, je me réveillais en sueur et je me disais que je n'allais pas y arriver : une fille n'aime pas forcément sa mère, me disais-je. Un garçon, bien sûr qu'il m'aimerait. Qu'il m'aurait aimée. Les garçons sont tous fous de leur mère, c'est la femme de leur vie. Mais une fille ? Ou bien la question s'inversait : moi, j'avais toujours adoré ma mère ; mais elle ? Est-ce qu'elle m'aimait, elle ? Je n'en savais rien. Il y avait si longtemps que ma mère ne m'avait pas dit « je t'aime ». De quelle vie puis-je être la femme ? me demandais-je. Je me sentais bonne à rien, fille de peu. J'avais tout raté.

Depuis deux ans, mais surtout depuis que j'étais enceinte, Christian s'absentait souvent, il était passé numéro deux de sa boîte. La vie commune était devenue triste. Chaque fois qu'on faisait l'amour, j'avais mal – « C'est normal, avait dit mon père à qui ma mère avait rapporté le problème, c'est normal, ce sont les suites de l'épisiotomie. » Peut-être. Mais souffre-t-on moins quand c'est normal ? J'avais donc réservé nos… – le mot coït m'était revenu sans crier gare, « ah d'accord, avait dit Christian, et pourquoi pas copulation, pendant que tu y es ? » – j'avais réservé nos (rapports, ébats, étreintes)... à mes quatre jours d'ovulation que je mesurais au thermomètre – « on baise utile, quoi », raillait Christian, et je lui en voulais de son ironie qui ne tenait aucun compte de ma douleur et s'offensait de ma *froideur*. Personne n'admet, personne n'a jamais admis que je puisse avoir mal, pensais-je. Les filles se plaignent toujours pour rien. Dans mon travail même, j'avais cessé de rechercher les traductions de poésie, je m'imposais des pavés scientifiques, je ne voulais pas traduire ma douleur. Je me sentais seule et je surveillais le calendrier. Ma terreur ancienne s'était inversée : je désirais plus que tout *avoir du retard*. Deux ans s'étaient ainsi écoulés dans l'espérance du retard et du dérèglement, au sein d'une vie faite d'ordre et d'exactitude. Depuis l'annonce du nouvel événement, tout le monde soufflait. Christian ne me comprenait pas – « Mais enfin, je te l'ai fait, oui ou non, ce bébé ? » s'exclamait-il quand il me trouvait en larmes. Il allait un peu vite en besogne, d'abord, le bébé pouvait toujours mourir. Je ne croyais plus à l'immortalité, j'étais devenue vieille. Quand un enfant meurt, il n'y a plus d'éternité. J'étais obsédée par un film que j'avais vu autrefois sans arriver à en retrouver le titre, l'un de ces films où on réclame toujours une bassine d'eau chaude avant l'accouchement, je n'ai jamais compris pourquoi, enfin dans ce film un médecin demandait à un père égaré s'il voulait « garder la mère ou l'enfant », j'y pensais tout le temps, la conjonction « ou » me pesait sur le bas du dos, je ne me rappelais plus ce qu'il choisissait mais c'était lui qui choisissait. Quant à mon père, son diagnostic était très simple (manuel de première année) : je traversais une petite dépression, très banale pendant la grossesse, nausées, bouleversements hormonaux, vitamines, magnésium, la routine.

Alice est née à l'hôpital de Rouen. Christian est resté dans le couloir, je n'avais pas envie qu'il soit là, « j'aime autant que ça se passe entre filles », avais-je plaisanté, et il n'avait pas insisté. Juste après l'échographie du cinquième mois, on avait décidé de l'appeler Alice pour qu'elle nous emmène au pays des merveilles, avait dit Christian, moi je préférais que des lapins se penchent sur son berceau plutôt que des hommes. Elle était grande et belle, elle pesait trois kilos huit. Elle n'avait pas souffert et moi non plus, dans son berceau, une heure après sa naissance, elle était toute rose. « Eh bien, elle ne sera pas top model pour les bas Dim, a dit Christian en tapotant ses cuisses qui gigotaient dans la grenouillère. Tu as vu les petits jambonneaux ?! – Elle tient ça de sa mère, a confirmé mon père en riant. Vous savez quel était le surnom de Laurence quand elle était petite ? Heureusement que j'ai été vigilant, sinon vous auriez épousé une montgolfière ! »

Au moment où j'ai entrouvert ma chemise de nuit, ils sont sortis en faisant des mines discrètes mais ce n'était pas la peine : je n'avais pas de lait. Les infirmières ont mis trois jours à s'en apercevoir car Alice était souvent accrochée à mon sein, elle tétait avec fureur – et pour cause : elle n'en tirait rien, qu'un apaisement fusionnel dans lequel à la fin elle s'endormait, comme repue. Mais la pesée était claire : elle dépérissait. Il a fallu passer au biberon. « Ce n'est pas bien, disait mon père, contrarié, en prenant la sage-femme à témoin. Le colostrum et le lait maternel sont indispensables à la bonne santé du nourrisson. Fais un effort, ajoutait-il à chaque visite. Essaie encore. » Essayer quoi ? Il a même voulu mettre Christian de son côté. « Les femmes d'aujourd'hui pensent trop à préserver la beauté de leurs seins, c'est insensé », mais mon mari n'a pas répondu, il m'a caressé le bras, il devait trouver important que je préserve la beauté de mes seins, alors même qu'on ne faisait plus jamais l'amour. Donner le biberon à Alice me torturait : j'étais une incapable, pas fichue de nourrir mon bébé. Est-ce qu'inconsciemment j'avais voulu la faire mourir ? Nourrir, mourir – je sentais la folie rôder puis se retirer en grandes marées inexplicables, la mort donnait des petits coups de pied dans le berceau, pour jouer. « Si j'ai un conseil à te donner, a dit ma mère un peu plus tard, alors qu'Alice pleurnichait, c'est de ne pas la prendre la nuit quand elle pleure, sinon tu vas t'épuiser, et d'autant plus que tu n'allaites pas, tu es obligée de te lever pour préparer le biberon. Les bébés s'habituent vite à tout obtenir par la plainte, tu sais, surtout les filles. »

Et toi, maman, comment le sais-tu ? Je n'ai rien dit.

À présent, tout le monde est heureux et soulagé, sauf moi. Je ne dors pas la nuit, j'ai peur qu'elle meure pendant que j'abandonne au sommeil ma volonté de vigie. L'angoisse me tue. La vie d'Alice est subordonnée à ma veille, et j'ai tellement sommeil. Je ne sais pas être mère, je ne vais pas pouvoir. Ma mère a su, elle a pu, même après Gaëlle. Comment a-t-elle fait ? J'avale des trucs en -um et en -ène, comme elle. Je consulte une spécialiste du blues périnatal. Je lis des livres sur la naissance où l'amour va de soi, je me compare et je me condamne. Qu'allons-nous devenir ? me dis-je.

Puis une nuit, sentinelle harassée, j'entends Alice pleurer. Ce ne sont pas des gros sanglots de douleur ou de faim, plutôt un piaulement de solitude, ou bien est-ce moi qui suis seule, dans l'insomnie où je gis au côté de mon mari endormi ? Les premières semaines, Christian se levait plus souvent que moi, maintenant il dort, le relais s'est fait tacitement, il m'a refilé le bébé. Quand elle pleure la nuit, j'y vais, je n'écoute pas les conseils de ma mère, quand elle pleure j'y vais toujours, jamais sans terreur. Aucun somnifère ne me fait passer la frontière qui m'éloignerait de tout ce qui arrive, de tout ce qui bruisse et menace. La vie meurt, c'est tout ce que je sais. Cette nuit-là, j'écoute quelques secondes à peine puis je me lève. Je m'approche du lit, elle gigote en geignant dans la lueur bleutée de sa veilleuse lapin. Au bord de l'ombre je dis « je suis là », je me parle à moi-même plus qu'à elle, je me rassure dans ma vie somnambule. Quand j'entre dans le cercle de lumière, elle s'arrête net. Elle respire sous le lapin de son body. Je me penche sur elle comme au-dessus d'un lac dans les contes, un friselis la parcourt, « mamama », dit-elle, « oui, dis-je, je suis là », elle marmonne, « mamama », elle marmotte en agitant les mains, « mamaman », oh ! Je me penche un peu plus, « mamaman ». C'est la première fois, il y a plus d'un mois qu'elle sait dire « encore », encore de la compote, encore les bras, mais maman, c'est un mot nouveau, un nouveau-né, et la chose naît avec le mot. Mamaman. C'est une découpe soudaine, un chuchotement sonore : je suis sa mère. L'événement s'articule et s'enracine, des branches s'enlacent. Quel terreau ! Les yeux d'Alice se plantent dans les miens, lumineux, tendres, espiègles, tant de sentiments dans des yeux si jeunes, qui ont vu si peu de choses encore, c'est proprement incroyable. Je dis oui, je suis là (l'amour, c'est être là), elle redit « mamaman », « mafille », je dis en miroir, « mamaman », elle répète, « mafille », je redis, « mamaman », elle chantonne, et elle rit, mais elle rit, et nous rions dans la nuit bleue.

Alice a dix-huit mois. Hier soir, elle a dit « lune » en montrant le ciel et ce matin elle a collé son nez à la vitre battue par le troène et a répété « vent ». Elle dit les mots sans l'article, d'une voix de fée qui commande, si bien que les choses ont l'air de naître à l'instant de sa bouche, convoquées. Comme chaque jour, je l'ai réveillée tôt pour l'emmener chez Joëlle, sa nounou, qui a deux fils de trois et quatre ans, et qui en attend un troisième. Au moment où je veux lui enfiler la manche de sa robe de lainage verte, elle secoue le bras pour s'en dégager, ce n'est pas la première fois, et s'enfuit en couche-culotte au fond de la chambre, « parobe », articule-t-elle exagérément, « parobe », elle tape des pieds puis enfourche son cheval de bois. Je m'avance avec la robe, on n'a pas le temps, elle la prend et la jette contre le mur comme une poignée de sable, « parobe », dit-elle, sa voix est ferme, elle me regarde, elle rit mais ce n'est pas pour rire, elle attend que sa volonté soit faite, « parobe ». « Bon sang Alice », je laisse la robe en boule au pied du mur, « on va être en retard », je lui enfile un pull et une salopette, elle chante.

C'est son anniversaire, elle a trois ans. Elle a demandé à sa grand-mère un costume de cow-boy après avoir regardé un western à la télévision avec son père. Le chapeau est un peu grand pour sa tête, elle le rejette crânement en arrière en claquant les talons de ses bottes dont les éperons cliquettent. Moi, je suis sa femme, je fais cuire des gâteaux dans la cheminée pour nourrir les douze ours en peluche que nous avons eus ensemble. « Bonjour ma femme, dit-elle en entrant en coup de vent dans la cuisine, la mine grave, je ne peux pas rester longtemps, j'ai à faire. — Tu aurais mieux fait de venir m'aider à pétrir la pâte », dis-je, mais elle est déjà repartie. Son cheval de bois l'attend attaché au lampadaire du salon. Elle marche à grandes enjambées vers son père qui est en train de réparer une applique, frappe du pied, une main près de la tempe : « Mon capitaine, dit-elle, nous avons un problème. Les Indiens sont là. » Christian, son tournevis dans une main, fait gravement le salut militaire : « Mon général, répond-il d'une voix émue, nous avons un autre problème… — Ah oui ? fait Alice, menton en avant, sourcils froncés. — Oui, mon général, un sérieux problème : je vous aime. » Alice lui donne une tape, « arrête papa », puis ils se gondolent comme deux bossus.

Je suis au square des Alouettes, c'est l'hiver, il reste un peu de neige dans le gravier des allées. Alice porte un anorak bleu dont elle a relevé la capuche sur son bonnet, « on dirait un nain de jardin », a dit son père tout à l'heure avant de partir à l'aérodrome. Alice quitte vite le toboggan pour rejoindre le parcours acrobatique, elle se balance, observe les garçons avant de les imiter, et le regard admiratif qu'elle pose sur eux est si intense que je détourne les yeux – mais de toute façon, elle ne me voit pas : les garçons feignent de ne pas se souvenir qu'ils ont une mère. Hop, elle fait le cochon pendu puis passe de liane en liane avec aisance. « Votre fils est très doué, me dit une maman assise à côté de moi sur le banc. Très à l'aise avec son corps. Le mien est beaucoup plus empoté. » Je souris faiblement (j'aurais dû laisser dépasser la natte du bonnet). « C'est une fille », se forme derrière mes lèvres, se brise sur mes dents et fond sous ma langue. « Merci », dis-je.

Alice a quatre ans, elle accompagne son père au tennis pour son premier cours au mini-club. Christian joue à côté tandis que la monitrice prend contact avec le groupe d'enfants en demandant à chacun comment il s'appelle. Il y a là Jasmine, Léa, Jules, Alexis, Jordan. « Et toi ? – Moi, je m'appelle Bricolage, répond Alice. – Bricolage ? Tu es sûre ? Ce n'est pas un prénom… » Alice reste calme : « Si, c'est moi. Je m'appelle Bricolage. » Comme elle cherche son père des yeux, la monitrice n'insiste pas. Il y a des parents tellement barges ! Une fois, au Club Med, elle a eu un petit Rolex, et une autre année, une petite Cacahuète. Mais bon… Bricolage, pour une fille… Bricolage Charpentier, en plus… Enfin, chacun est libre. « Bricolage a de bonnes dispositions », dit-elle à Christian à la fin de la séance. Celui-ci reste bouche bée, Alice le regarde de biais, il a l'air d'avoir avalé sa raquette et une perceuse visseuse par-dessus. Son récit me glace : quelque chose ne va pas avec notre fille. Je sens un monde de pressentiments remonter du souterrain. Christian hausse les épaules, « non non, elle a déjà une excellente coordination, tu l'aurais vue avec sa mini-raquette ! ». Je ne comprends que deux mois plus tard, quand je retourne avec elle acheter des poignées de porte chez Mr Bricolage, où nous nous approvisionnons depuis des semaines pour aménager notre nouvelle maison. Moi, je suis Mme Charpentier, les vendeurs m'appellent comme ça. Mais elle, Alice, elle veut porter un nom de monsieur.

« Qu'est-ce qui vous amène ? » demande le pédopsychiatre en croisant les mains sous son menton.

Il y a vingt minutes que je lui parle. Je lui ai raconté Tristan, la naissance d'Alice, Mr Bricolage… Il n'écoute donc rien ? Pourtant, je dis :

« Comme nous vous l'avons expliqué au téléphone, nous sommes inquiets. »

Il esquisse un sourire sans les yeux, son regard reste froid. Il n'est pas mal, il serait sûrement mieux sans la barbe. Pourquoi ai-je dit « nous » alors que je suis toute seule ? Je suis toute seule, c'est ça la vérité. De plus en plus seule.

« Notre fille Alice, quatre ans, dit qu'elle est un garçon.

— Oui.

— Elle voudrait être un garçon. Nous ne savons pas comment faire.

— Comment faire pour quoi ? »

Je baisse les yeux.

« Eh bien… »

Il enchaîne :

« Elle dit qu'elle est un garçon ou bien c'est vous qui dites qu'elle voudrait être un garçon ? »

Je bégaie.

« Je…

— Ou encore, c'est vous qui voudriez qu'elle soit un garçon ? »

Me voilà déjà sur le banc des accusés, avec les psys c'est toujours la même chose, les mères doivent plaider leur cause – les mères seules. Je bafouille puis me reprends :

« En fait, c'est… Alice a toujours voulu. Elle… Elle ne veut jamais porter de robe ni de jupe, moi j'aimerais bien, je lui en achète, vous savez… L'autre jour, sa nounou a voulu lui mettre du vernis à ongles, il faut dire qu'elle a trois garçons, alors bon elle est contente de jouer un peu à la fille, eh bien Alice a piqué une colère monstre, elle a renversé le flacon. Elle s'entraîne à faire pipi debout dans la baignoire, elle abandonne dans un coin toutes les poupées qu'on lui offre, n'aime que les peluches, à l'école elle ne joue qu'avec les garçons, enfin elle essaie, ils ne la laissent pas trop jouer au foot avec eux, ce qui la met en colère, d'ailleurs.

— Je comprends. »

Je souris.

« Je comprends qu'elle soit en colère. Je ne vois pas…

— Elle parle d'elle au masculin, elle dit "je suis beau", "je suis fort", elle croit que…

— Les enfants n'ont pas vraiment accès à la grammaire avant l'âge de quatre ou cinq ans ni à l'identité sexuelle du reste, ils ne font pas l'accord de genre, c'est tout à fait normal.

— Dimanche dernier, des collègues de mon mari sont venus déjeuner à la maison. Le monsieur s'est penché vers Alice pour l'embrasser et il lui a dit : "Oh ! Tu es belle dans ce tee-shirt Mickey", alors elle s'est campée devant lui, lui a tendu la main et a rectifié : "J'es beau."

— C'est bien ce que je vous dis… L'accord gramm… »

Je renchéris sans cesse, j'ai l'impression de la dénoncer.

« Et quand il a répliqué gentiment, "mais non, tu es belle, tu es une fille", elle a tapé du pied en secouant la tête. Et comme elle continuait, il a expliqué : "Moi, je suis un garçon. Toi, tu es une fille, une belle petite fille", elle a dit d'un air fâché : "Moi aussi. Je suis un garçon."

— Elle a raison.

— Pardon ?

— Oui, votre fille a raison : elle suit un garçon.

— …

— Vous lui avez parlé de son grand frère, je suppose ? Elle sait qu'il est mort ? »

L'expression « grand frère » me cloue : Alice a quatre ans et Tristan est si petit…

« Oui, je lui ai dit dès sa naissance.

— Pourquoi ?

— C'est un de vos confrères, enfin, une de vos consœurs, qui me l'a conseillé. »

Il entend le ton triomphal de ma voix, la joie que j'ai de pouvoir me justifier, d'avoir une caution. Je suis autorisée.

« J'ai fait une espèce de dépression après

l'accouchement, j'avais peur de tout, peur qu'elle meure comme son frère, peur qu'elle tombe, peur de mal faire. Mon angoisse était tellement forte que la psychologue de l'hôpital m'a conseillé d'en expliquer la cause à Alice. Les bébés comprennent tout, on peut leur parler, n'est-ce pas ? C'est ce que j'ai fait, un jour je l'ai prise dans mes bras et je me suis mise à lui parler tout bas. Je lui ai dit que si elle me sentait inquiète et maladroite, c'est que j'avais perdu un petit garçon avant elle, que ça nous avait rendu très tristes, son papa et moi, mais que… »

Il crispe la mâchoire, s'énerve sur son crayon qu'il enfonce dans une gomme biseautée déjà percée comme une passoire.

« … mais que je l'aimais, que j'étais très heureuse qu'elle soit là. Votre consœur m'a…

— Ce n'est pas ma consœur. Jé suis psychiatre, pas psychologue. Alice avait quel âge ?

— Oh, elle venait de naître, elle avait peut-être quinze jours, trois semaines… »

Il soupire.

« Vous pensez que j'ai eu tort, docteur ? Qu'elle n'a pas compris ? »

Il renifle.

« Si si, au contraire, Alice a très bien compris, c'est sans doute une petite fille extrêmement intelligente. Elle a compris que vous étiez malheureuse d'avoir perdu un petit garçon.

— Vous voulez dire… »

Je n'arrive plus à réfléchir. J'ai lu qu'on pouvait rendre quelqu'un fou en lui donnant des consignes contradictoires. Devais-je parler à Alice ou bien n'aurais-je pas dû ? Que dit la science ? Où est la vérité ? Est-ce ma faute si…

« Vous voulez dire que c'est ma faute ? Alice a cru que nous regrettions Tristan, c'est ça ? C'est pour ça qu'elle est un garçon manqué ? »

Il pose sa gomme et son stylo, me sourit sans indulgence.

« Un garçon manqué ? Qu'est-ce que vous voulez dire par là ? »

Je le hais. Faut-il donc définir tous les mots, les expressions les plus courantes ? Il se laisse pousser la barbe pour ressembler à Freud, j'en suis sûre. Il poursuit d'un ton légèrement supérieur :

« On ne dit jamais ça, une fille manquée, vous avez remarqué ? C'est parce que aucun garçon ou presque ne rêve d'être une fille, alors que l'inverse… Un garçon manqué, c'est une fille à qui il a manqué la liberté d'être un garçon. Ne pas être libre, c'est ça la souffrance d'une fille. Vous-même, ne l'éprouvez-vous pas ? »

Son regard me pénètre. Je rougis, je me débats sur ma chaise, croisant et décroisant les jambes.

« Mais a-t-on le choix ? Est-ce que… »

Il m'interrompt :

« Pour Alice, c'est plus compliqué, je crois. Elle ne veut pas être juste un garçon, elle veut être un certain garçon. Un garçon certain. Un garçon manqué ? Non. Disons plutôt : un garçon manquant. »

Les larmes gonflent au coin de mes yeux,

pourvu qu'elles ne coulent pas, j'ai mis du mascara. Il faut que je reste présentable.

« Alice veut vous redonner Tristan, c'est tout. C'est aussi simple que cela.

— Mais pourquoi ? »

Il hausse les sourcils, se lève et me raccompagne à la porte. « Mercredi seize heures, avec Alice », dit-il.

Alice ne veut pas aller chez le pédopsychiatre mais elle y va pour me faire plaisir, elle m'interroge gentiment du regard, sans doute est-ce à moi que la consultation fera du bien. Hier, j'ai hurlé parce qu'elle avait arraché le ruban de ses pantoufles, elle le trouvait « moche ». Je l'ai recousu pendant la nuit, si bien que toute la matinée elle a traîné en chaussettes. Avec une spontanéité brusque, elle tend la main gauche au médecin, qui la serre de sa main droite.

« Tu es gauchère ? lui dit-il. Moi aussi. Et pourtant, c'est la main droite que nous devons tendre, toi comme moi. C'est ce qu'on appelle une convention, quelque chose qu'on fait pour arranger tout le monde, pour ne pas créer de problème. C'est pratique, tu vois. Mais rassure-toi, on reste gauchers, on ne renonce pas à ce qu'on est. Vas-y, essaie. »

Alice rit, elle tend plusieurs fois la main droite comme si elle dégainait un flingue, il rit avec elle. Nous entrons tous trois dans le bureau.

« Tu sais pourquoi tu es là ? » demande le médecin. Alice fait non de la tête.

« Ta maman s'inquiète, elle dit que tu veux être un garçon. C'est vrai ?

— Oui.

— Pourquoi ? »

Alice me regarde.

« Non, ne demande pas à ta maman. Réponds-moi, toi. Pourquoi veux-tu être un garçon ? »

Elle lève le menton, hausse les épaules jusqu'aux oreilles et les laisse retomber en soupirant.

« Parce que… moi j'ai envie, dit-elle.

— Mais oui, Alice ! s'écrie le médecin d'un ton approbateur, tu as raison : toi, tu es en vie. »

Alice éclate de rire, se lève de sa chaise, fait l'avion autour de la pièce, bras déployés.

« J'es en vie, chante-t-elle, j'es en vie », puis elle encercle mes genoux entre ses bras et les serre fort.

De retour à la maison, alors que je prends un verre dans le salon avec Christian que mon récit laisse perplexe – « Tous ces jeux de mots à la con » –, Alice surgit avec le rasoir de son père qu'elle frotte le long de sa joue comme elle l'a souvent vu faire. Je retiens un hurlement, Christian l'a laissé traîner sur le bord du lavabo, il ne fait pas attention, il n'anticipe jamais rien, c'est moi qui dois penser à tout, tout le temps, éviter ce qui peut blesser Alice, imaginer et empêcher ce qui peut la tuer, prévoir et préparer ce qui va servir à son bien-être, à son bonheur, à notre vie. J'en ai assez, je suis fatiguée. « Qu'est-ce que je devrais dire, moi ! » réplique Christian en ouvrant un de ses dossiers.

J'emmène Alice chez le Dr B. deux fois par mois. Désormais, je reste dans la salle d'attente d'où je les entends rire aux éclats. Parfois elle dessine. Un jour, il lui demande de se dessiner, elle, avec sa maman et son papa, sous forme d'animaux. Sur la feuille qu'elle me tend fièrement à la sortie, je vois un ovale très étiré avec des traits de crayon noir tout autour. « C'est un mille-pattes, m'explique-t-elle. – Bien vu, dis-je d'un rire jaune, les mamans courent tout le temps. » Elle a dessiné son père en éléphant, il a une trompe démesurée qui traîne par terre – il serait content s'il était là –, et elle en éléphanteau aux dimensions plus modestes, mais dont la moindre pichenette enverrait au diable un nid entier de mille-pattes. Tout autour d'eux, dans la savane, des arbres à tête de gland se dressent fièrement à côté de champignons phalloïdes à chapeau rouge. Le Dr B. sourit de toutes ses dents. Le mille-pattes a maintenant l'air de ce qu'il est, une vulve, une vulve terne hérissée de poils drus. Je me sens stupide, mon portrait à la main.

La petite école d'Alice est juste à côté de la maison que nous avons achetée à Canteleu, dans la campagne de Rouen. Quand je ne suis pas absorbée par une traduction ardue, j'entends la sonnerie de la récréation et je monte vite au premier étage pour l'apercevoir – je me cache derrière le rideau de sa chambre, je ne veux pas qu'elle me voie, elle croirait que je la surveille. Elle est toujours avec des garçons. À la rentrée, elle les observait, debout sur un côté de la cour, elle enregistrait les règles du jeu, puis un jour elle s'est avancée, elle a pris une place au hasard dans l'une des deux équipes. Au début, ils n'en croyaient pas leurs yeux, la nouvelle voulait jouer au foot ! N'importe quoi ! Les filles aussi étaient médusées sous les cordes à sauter, et mon cœur battait si fort à la fenêtre. J'avais à la fois peur et envie qu'elle soit refoulée. Maintenant, c'est leur meilleur gardien de but – je la regarde arrêter modestement des tirs avec ses moufles, qu'elle n'oublie jamais d'emporter, même l'été. « Alice, Alice, viens chez moi ! crient les garçons qui constituent les équipes. Je te donnerai un bonbon. » Quelquefois, elle ne joue pas, elle parle à l'écart avec Kevin, leurs cheveux se frôlent. C'est le fils du garage Durand, au bout de notre rue, un joli petit brun aux yeux noirs. Elle entre avec lui dans la cabane en bois coloré qui trône au milieu de la cour des petits, ils y restent toute la récréation, je ne les vois plus. « Qu'est-ce qu'il y a dans cette cabane, ma poussinette ? Des jeux ? – Non, il n'y a rien, c'est juste une cabane. – Et vous y faites quoi, alors ? – Ben, l'amour », répond Alice. Son mot d'enfant me procure un soulagement d'où je ne déterre pas la frayeur qu'il enfouit.

Kevin offre à Alice des petits bracelets, des colliers de perles roses, des chouchous imprimés pour sa queue de cheval. Sa mère me fait des sourires de connivence à la sortie de l'école, ils sont mignons les amoureux. Alice accepte les présents avec un sourire gêné, elle les rapporte à la maison et me les donne : les bijoux, c'est pour les filles, ce n'est pas du tout pratique pour jouer au foot, ça saute, ça fait bling bling. Malgré mon insistance, elle ne les porte jamais, même pour faire plaisir à Kevin.

Au début du mois de mai, l'école prépare le spectacle de fin d'année. Une feuille est distribuée aux parents. « Avis aux mamans – Grande section de maternelle : robe style charleston, bandeau et sautoir de perles pour les filles, costume noir, gilet rétro et chemise blanche pour les garçons. NB : Mme Sanchez est disponible pour les travaux de couture. La contacter 5 place de l'Église. » Deux croquis au feutre noir, dessinés par la maîtresse, soulignent l'esprit Années folles de la chorégraphie prévue. « Je vais prendre le papier pour le montrer à Mme Sanchez, dis-je à Alice le mercredi suivant. Tu viens ? » Alice ne bouge pas de la branche du néflier où elle est assise à califourchon comme un gaucho dans la pampa. « Allez viens, Alice, on y va, j'ai peur qu'il y ait du monde » (il n'y aura que moi, j'en suis sûre : toutes les *mamans* savent coudre, ici). « Ça sert à rien », dit-elle. Marco, son plus fidèle ours en peluche, assis en croupe, a l'air du même avis, ses petits yeux bruns me fixent sombrement. « Il faut que tu sois là pour les mesures. » Alice donne des éperons dans le tronc du néflier, elle se penche en avant, le néflier part au galop, Marco s'accroche, les mots m'arrivent dans le vent des feuilles,

« non, mais ça sert à rien de faire la robe ». Je referme en soupirant le portail qui donne sur la rue. « Alice. Je sais que tu n'aimes pas te mettre en robe. Mais là, c'est obligatoire : c'est le costume du spectacle. » Elle fait la moue comme devant des betteraves rouges. « Moi je veux pas. — Toutes les filles doivent être habillées pareil, tu comprends ? C'est un ballet. Vous avez dû commencer à répéter, non ? » Elle dit « oui mais sans la robe ». Je souris. « C'est juste pour le jour du spectacle, ma chérie. » Elle ne répond pas. « Écoute, voilà ce que je te propose : on va aller la faire faire, et puis tu verras bien », dis-je, faux jeton (c'est tout vu). « Je la mettrai pas », répond-elle, vrai jeton (c'est tout vu aussi).

« Je comprends », me dit le psychiatre au téléphone. Il y a plus de six mois qu'Alice a arrêté ses séances – « Cette enfant va très bien » –, mais Christian est au Japon pour trois mois et je ne sais pas à qui confier ma coupable angoisse. « Expliquez-lui que c'est du théâtre, présentez ça comme un jeu, un déguisement comme elle les aime, un rôle. — Mais je lui ai déjà dit tout ça ! » Je m'énerve, ce type prétend qu'il comprend mais il ne comprend rien. « Ou bien montrez les choses sous l'angle du collectif : elle participe à la bonne réussite du spectacle, c'est comme une équipe de foot, tout le monde a le même maillot. » Bonne métaphore, merci docteur, j'y ai déjà pensé. « Eh ben alors, pourquoi on met pas tous des maillots de foot ? » a rétorqué Alice. N'a-t-il donc pas une idée plus brillante, une consigne plus claire ? On n'est plus dans la grammaire, là. Alice n'a-t-elle pas toujours un gros problème d'identité ? « Ça ne marche pas ainsi, dit-il. Ce n'est pas un vêtement qui décide de la féminité. La robe ne fait pas la fille, vous savez. » Je suis debout près du téléphone, dans le miroir je me distingue à peine sous le jogging informe que je ne quitte plus depuis que Christian est parti en voyage – je l'enfile dès que je me lève ou quand je rentre à la maison. « Oui, d'accord. Mais moi, moi, je fais comment ? » Qui va s'occuper de ma détresse, soulever la dalle de marbre qui m'enfonce la poitrine, faire reculer la terreur où je suis de ne pas rentrer dans le moule, de ne pas savoir (coudre, être une femme, être aimée) ? Est-ce que quelqu'un peut s'occuper de moi, me prendre dans ses bras, me porter dans son cœur ? « Essayez encore », dit-il. Je m'apprête à raccrocher, vaincue, quand il ajoute : « Et sinon… – Oui ? – Laissez tomber, sinon. »

Les filles entrent côté jardin, les garçons côté cour, et la trompette jazz du charleston éclate gaiement. La maîtresse est cachée derrière le rideau de scène, d'où je suis je la vois se contorsionner à contretemps pour souffler leurs pas aux plus perdus, ceux qui cherchent leur mère des yeux. Les deux rangées d'enfants se font face, ils s'approchent, s'éloignent, se frôlent, se repoussent ; ils agitent les bras, avancent les pieds en dedans, les mains dessinent des chassés-croisés sur les genoux à la va-comme-je-te-pousse.

Ils font semblant de fumer, lissent leur mèche gominée, tiennent le revers de leur veston ; elles ont des robes à franges qui tournoient, du rouge à lèvres, des aigrettes parfois ; certaines ont des chaussures à talons (pointure cinq ans), elles minaudent en tortillant leur sautoir en perles. Moi, je suis déguisée en papillon – en papillonne ? – dans la cour de l'école, à Rouen, j'ai cinq ans aussi, mes antennes viennent de s'emmêler à celles de Jeannine et tout le monde rit de nous, je suis en sueur, je m'essuie le front, la honte ruisselle. « Vous avez oublié de lui mettre sa robe ? » me chuchote ma voisine, entre fiel et miel. Mon cœur bat, j'ai envie de pleurer. « Non, dis-je d'un ton informatif, c'est elle qui n'a pas voulu. » La phrase se propage aussitôt dans toute la salle des fêtes, où les regards sont déjà largement tournés vers moi – la réplique du siècle, ah ça, on s'en souviendra : *C'est elle qui n'a pas voulu.* Une gamine haute comme trois pommes ! Bonjour l'autorité ! Je ne te dis pas le bordel que ça doit être à la maison ! Le père n'est jamais là, c'est pour ça.

Ça cancane sec sur la trompette jazzy mais je n'entends plus rien, je ne vois plus rien. Mes yeux sont fixés sur Alice qui exécute au cordeau sa partition, tient sa place, respecte la mesure, lance ses bras en rythme, sourit aux changements de côté, dribble son charleston avec une légèreté, une grâce, une aisance, un naturel à tomber raide. La honte me quitte, je suis terrassée d'admiration. En face d'elle, le ténébreux

Kevin, effaré sous la gomina, ne sait plus s'il est ridicule ou magnifique de danser avec une cavalière en salopette à carreaux et baskets à velcros. Il est comme moi : soufflé. Au pied de l'estrade, son père, Régis Durand, du garage Durand, a le visage dur, offensé, il coupe sa caméra.

Quelques mois plus tard, c'est la fin de l'année, le père Noël offre des cadeaux aux enfants de l'école maternelle. Les filles reçoivent un chariot de ménage (balai, seau, serpillière, pelle et balayette roses), les garçons un jeu de construction Lego. « Personne ne s'est jamais plaint, m'assure la directrice stupéfaite, à qui, relayant le mécontentement d'Alice, je demande, embarrassée, des explications. Au contraire, les petites filles adorent imiter leur maman. » « Ça ne peut pas faire de mal », confirme Christian avant de s'envoler pour Tokyo. « Mais pourquoi roses ? C'est cliché. » Le soir, je prends un bain avec Alice. Elle s'est mis le seau en chapeau sur la tête, l'anse sous le menton, et m'envoie de l'eau avec la balayette. « Tu n'as qu'à demander à Kevin de jouer aux Lego avec toi », dis-je. Alice fait la moue d'un air blasé. « Je ne parle plus trop avec Kevin. — Ah bon ? C'est plus ton amoureux ? — Non. — Pourquoi ? — Il aime mieux Charlène, maintenant. Il la trouve mieux habillée que moi… Pftt », ajoute-t-elle en tapant sur le seau avec la pelle. Je ris, elle rit aussi. La santé de son corps dans la mousse m'émerveille.

Un dimanche, c'est l'été, je regarde Alice et Christian depuis la fenêtre du premier étage qui donne sur le jardin, ils sont au bord de la piscine. Christian a commencé à lui apprendre à nager quelques jours plus tôt mais elle a encore peur d'aller dans l'eau sans bouée. Il lui demande de descendre dans le bassin avec lui, elle ne veut pas, elle n'a pied nulle part. Son père insiste, la traite de trouillarde, essaie de la saisir ; elle s'esquive, court autour de la piscine en poussant des cris, mais il la rattrape, « non non, non je veux pas ! », il la soulève, je vois ses jambes s'agiter follement contre le torse de son père, « non ! » hurle-t-elle, sa culotte de maillot de bain est à moitié descendue sur ses fesses, « papa, non, laisse-moi », « mais quelle trouillarde », répète-t-il, et il la jette dans l'eau.

Je dégringole l'escalier – il l'a jetée comme un sac-poubelle, comme de la pâtée aux cochons, comme un cadavre. « Mais tu vois bien que je suis allé tout de suite la chercher », me dit-il alors que je hurle : « Pas elle, non, pas elle ! » Il sort de l'eau, repose Alice dans l'herbe, les yeux pleins de larmes, muette. « J'ai plongé et je l'ai récupérée. Elle est juste vexée, c'est tout, elle fait du boudin, hein que tu fais ton boudin, ma chérie ? Tu as eu peur ? Vraiment ? Mais il ne peut rien t'arriver quand papa est là. »

« Qu'est-ce que tu voulais dire tout à l'heure quand tu as crié "pas elle" ? Comment ça, pas elle ? Tu ne veux pas me répondre ? Tu boudes aussi ? Telle mère, telle fille. Mais enfin, qu'est-ce que tu as aujourd'hui ? Tu as tes bidules ou quoi ? »

La fin de l'amour, on ne l'aperçoit pas toujours. Mais parfois, si. Parfois même, on peut la dater.

Je me regarde dans le miroir de la salle de bains, les cheveux mouillés, sans maquillage, je ressemble de plus en plus à mon père. Qu'est-ce que je fais là ? Qu'est-ce qu'on fait là ? Christian n'est plus que de passage, et on étouffe. « Tu aimerais vivre à Paris ? dis-je à Alice qui barbote.
— Non. C'est où, Paris ? »

J'ai postulé pour un travail d'interprète à l'Unesco, j'ai fini par l'obtenir. L'équipe de foot de la maternelle de Canteleu a perdu son meilleur goal mais une petite école primaire du 14e arrondissement de Paris l'a récupéré – c'est la loi du mercato. « Pourquoi tu ne joues jamais avec les filles ? » dis-je à Alice (ai-je pensé que la capitale allait modifier ses goûts ?). « C'est pas vrai, répond-elle. Je joue, des fois. Mais les filles, elles m'énervent, elles disent toujours : "Oh ben, t'es plus ma copine !" et on sait même pas pourquoi. Les garçons, au moins, ça reste copains, ça se dispute pas. »

Ce n'est pas toujours vrai. Le divorce avec Christian est prononcé l'été suivant. « La barque de l'amour s'est brisée contre la vie courante », dit l'exergue de Maïakovski au roman dont je termine la traduction.

Mes parents aussi divorcent. Mon père a rencontré par hasard à l'Automobile club où il va beaucoup depuis qu'il est à la retraite une ancienne patiente, Elsa, et bon, de balades en conférences, ils se sont rapprochés, elle est célibataire, a toujours été amoureuse de lui depuis qu'elle est allée le consulter à seize ans pour une anorexie, c'était en 1978, il a retrouvé sa fiche médicale, il l'a sortie de là, on peut dire qu'elle lui doit la vie. Elle est toujours très mince, très jolie, et…, « je vois que tu essaies de faire le calcul, dit mon père, eh bien nous avons vingt-neuf ans d'écart, c'est beaucoup, je sais, mais l'amour se moque bien des années, et donc nous nous sommes rapprochés, nous avons fait beaucoup de petits voyages avec le groupe, nous avons, enfin bref elle est enceinte. — Et maman ? — Ta mère non, elle n'est pas enceinte, ah ah, excuse-moi, c'est de mauvais goût. Eh bien ta mère, ta mère rien, je lui ai annoncé que j'avais rencontré quelqu'un, elle se fait une raison, qu'est-ce que tu veux, elle n'a pas le choix. »

Quelqu'un d'autre, me dis-je. Il devrait dire : j'ai rencontré quelqu'un *d'autre.* Ou bien est-ce que ma mère n'a jamais été personne ?

Ma mère n'a pas l'air trop déboussolée, pourtant, même si l'âge de sa rivale lui fait mal au cœur – elle a trois ans de moins que moi. « De toute façon, ton père ronfle tellement que je ne dors plus depuis des années, alors je passe le relais sans problème. Ce n'est pas un cadeau ! Tu sais ce qu'a dit Sacha Guitry quand sa femme Yvonne Printemps a demandé le divorce pour épouser son ami Pierre Fresnay : "Je vais me venger de la pire des manières : je vais la lui laisser." Elle s'est juste décomposée quand je lui ai appris qu'Elsa attendait un enfant. La douleur est passée sur son visage comme un souvenir. « C'est absurde ! À son âge ! Il aura l'air d'un arrière-grand-père à la sortie de l'école, s'il arrive jusque-là ! » Elle s'est tue une minute puis elle m'a demandé : « Tu sais si c'est un garçon ou une fille ? » J'ai fait non de la tête, « ils ne doivent pas le savoir encore, ai-je dit, c'est seulement au cinquième mois… ». Alors ma mère a balayé la question d'un revers de main, s'est levée pour aller chercher son médicament contre la tension, l'a avalé en regardant fixement le mur devant elle. « De toute façon, ça n'a pas d'importance, a-t-elle dit. Si c'est une fille, ils en feront un autre. »

À Paris, la vie est plus rude, plus chère, mais pas plus seule. Christian s'est installé à Tokyo, Alice va le voir dès qu'il y a des vacances ; à l'aéroport, après m'avoir embrassée, elle part avec l'hôtesse sans se retourner, elle passe la douane avec son ours dans les bras et son ballon de foot dans le sac à dos – elle va jouer avec son père. Je reste derrière la barrière, à regarder son pas décidé, sa natte blonde qui se balance sur son sac panda. Les premiers jours après son départ, je n'existe plus, je n'ai plus aucune raison d'être, je dors le nez dans son oreiller. Puis je franchis le sas, la mère en moi se retire, et je passe mes soirées sur Meetic. J'essaie de deviner si mes correspondants ont de belles épaules, j'aimerais revivre la première fois, à la piscine Saint-Saëns, quand le désir n'était pas las comme un enfant qui n'a plus envie de jouer. Mais je n'ose pas leur demander une photo de leur torse ou de leur dos, même si eux n'hésitent pas à le faire pour voir mes seins. Parfois je trouve un homme qui comprend qu'être à quatre pattes dans un lit ne signifie pas qu'on l'est dans la vie. Mais c'est rare. Je traduis de plus en plus de poésie, « *never give all the heart* », ne donnez jamais tout le cœur. Je traduis aussi pour l'Unesco le rapport d'une professeure de *gender studies* (je ne savais pas ce que c'était) spécialisée dans le lien entre féminisme et religion. Je suis effrayée par la masse de questions qu'elle soulève, et qui retombent lourdement sur ma propre vie, même si je ne suis plus protestante depuis longtemps. Elle cite une phrase d'Hélène Cixous sur le massacre des premiers-nés d'Égypte raconté dans l'Exode : « Si c'est un garçon, tuez-le ; une fille, qu'elle vive (c'est-à-dire tuez-la autrement). »

Je prends le train pour Rouen, je vais en taxi jusqu'à la clinique du Redon où Elsa a accouché la veille. Elle est seule dans sa chambre, pâle et extasiée, le bébé dort dans un minuscule berceau à côté d'elle. Une bouteille de champagne est ouverte sur la table de chevet à côté de deux verres Duralex. Je m'approche. « Ne le réveille pas, chuchote Elsa, il vient de téter. Tu le verras mieux tout à l'heure. Matthieu dit qu'il te ressemble, que c'est toi tout craché quand tu es née, mais en garçon. » Il est emmailloté de blanc, un petit bracelet de plastique bleu à son poignet : Adam. J'ai donc un frère de cinquante centimètres et trois kilos cinq. J'ai donc un frère qui a dix ans de moins que ma fille. « Vous ne l'avez pas appelé Jean-Matthieu », dis-je. Elle rit en écarquillant les yeux : « Jean-Matthieu ? Arrête, c'est tellement plouc. Plutôt mourir ! — C'est comme ça que papa voulait que je m'appelle si j'avais été un garçon. — Oui, Matthieu me l'a dit ! Heureusement que tu es une fille ! — Oui, dis-je, heureusement. » Elle rit de nouveau, sans bruit. « Tu l'as échappé belle... Tu aimes bien Adam, comme prénom ? — Oui, c'est joli. Un peu chargé du poids du monde : le premier homme, ce n'est pas rien. Mais très joli. » Dans le silence qui suit, des oiseaux traversent le ciel. Il fait gris. Je me demande ce que ça m'aurait fait d'avoir un frère, avant. Je ne sais pas. Mon frère de maintenant pourrait être mon enfant. Mon fils, me dis-je. « Oui, reprend Elsa, tu as raison, Adam, c'est dense, comme prénom. Mais ton père est tellement heureux que ce soit un garçon. Tellement. Tu ne peux pas savoir. »

Des oiseaux se posent sur les cheminées. Quelques-unes fument déjà, l'automne est là.

Une femme en blouse blanche entre dans la chambre. C'est le Dr Dubecq. Elsa me présente : « Ma belle-fille. » On se connaît, je crois, dit-elle dans un regard. « Je… je sors, je vous laisse. Elsa, je… je suis dans le couloir. » Je m'assois dans la salle d'attente, au milieu des cubes qu'on a disposés là pour amadouer les frères et sœurs. Des gens passent avec des fleurs, des bébés pleurent. Un texto de Christian m'informe qu'Alice est bien arrivée à Tokyo. Je relace mes tennis, ou bien est-ce que je tombe à genoux ? Le petit bonnet de Tristan se pointe à la porte, il a vu les cubes. *Non, mon chéri, pas maintenant, je t'en prie.* Je ferme les yeux pour l'embrasser quand même, puis il disparaît. Le Dr Dubecq… Comment est-ce possible ?

« Mais bien sûr que ton père est au courant, s'exclame Elsa un peu plus tard. C'est ma gynécologue ! C'est elle qui m'a accouchée ! Matthieu était là ! Quoi ? Alcoolique ? Mais qu'est-ce que tu racontes ? Le Dr Dubecq n'a jamais été alcoolique. Elle me suit depuis longtemps, elle est super, très professionnelle. D'où sors-tu cette histoire ? C'est de la calomnie pure. Le Dr Guerry ? Non, je ne le connais pas. Tu pars déjà ? Tu n'attends pas qu'Adam se réveille ? Ton père devrait arriver d'une minute à l'autre. Qu'est-ce que tu as ? »

Je m'enfuis, je descends par l'escalier de secours, chaque marche me confirme l'évidence, mon père n'a pas raconté mon histoire à Elsa. Pas la peine. Aucun intérêt. Ne pas le croiser surtout, ne pas revenir, ne pas demander, ne pas expliquer, ne pas s'étonner, ne pas souffrir. Arrêter de faire son intéressante.

Mon train n'est que dans trois heures, je pourrais appeler ma mère, on irait au cimetière, c'est la Toussaint, on irait visiter Gaëlle et Tristan. Mais je vais plutôt chercher un cybercafé pour voir ce que donne Meetic à Rouen, s'il y a une caverne d'Ali Baba, une lampe d'Aladin, quelque chose.

Dans le train du retour, un homme remonte le couloir. « Daniel ? » dis-je. Il revient sur ses pas. « Laurence… » Ses joues rosissent, son émotion est si visible qu'elle m'émeut. « Je peux ? » Il s'assied à côté de moi, « ah ça fait un bail… ». Il habite toujours Paris où il est juge pour enfants mais fait souvent des allers-retours à Rouen pour voir ses vieux parents. Après deux divorces, il vit avec une psychologue qu'il a rencontrée récemment au tribunal. Il n'a pas d'enfants, pas à lui, mais il en a plein dans la tête, son métier l'occupe beaucoup, corps et âme, une vraie passion. Il parle avec plaisir, donne des détails, il a l'air heureux de ce hasard. Il n'a plus de cheveux mais il a toujours une forme de douceur dans les yeux. Je l'écoute, c'est une chose que je sais faire. « Et toi ? finit-il par dire. Qu'as-tu fait de beau, depuis tout ce temps ? — Moi ? Rien de bien intéressant. Enfin, si, quand même : j'ai eu deux enfants, m'entends-je répondre pour la première fois. Un garçon et une fille. — Ah ! Merveilleux : le choix du roi ! Comment s'appellent-ils ? Tu as des photos ? — Mais raconte-moi un peu » (*j'élude en forçant ma légèreté*), « ça m'intrigue : une rencontre amoureuse au tribunal ? C'est bizarre, non ? Romanesque, en tout cas. — Pas du tout, c'est très banal au contraire. Les juges prennent toujours l'avis de psychologues, surtout quand il s'agit d'enfants. Ils sont indispensables pour déterminer s'ils disent vrai ou s'ils sont manipulés par l'un des parents. Pour déceler les traumas, les maltraitances, les abus, les viols. — Et c'est fréquent ? — Très. Tu ne peux même pas imaginer. Je me souviens que tu avais collé dans ta chambre "Familles, je vous hais". Ça m'avait plutôt choqué, à l'époque, mais finalement tu avais raison. »

J'hésite un instant, j'ai envie de parler, moi aussi. D'un ton détaché, je lui dis que moi aussi, quand j'étais petite, j'ai été… Je ne trouve pas le mot mais je lui raconte. « Je ne savais pas », dit-il, troublé et vaguement honteux, comme s'il n'avait pas rempli sa mission de justicier. C'est une chose qui m'émeut chez les hommes comme lui, cette façon de se sentir coupables de n'avoir pas su protéger une femme. « Tu ne pouvais pas savoir, dis-je. Et ça n'a aucune importance. Je vais bien, comme tu vois ! » Il me regarde en silence, on dirait qu'il cherche à évaluer si c'est vrai.

« On va se revoir », me dit-il parmi la foule au bout du quai, en me tendant sa carte de visite.

« Tu m'appelles, n'est-ce pas ? C'est promis ? » Je fais oui de la tête. On s'embrasse. Il disparaît dans la salle des pas perdus. Pas perdu pour tout le monde, me dis-je. Mais quand j'arrive chez moi, j'ai beau chercher, j'ai perdu sa carte.

Les week-ends, des copains d'école d'Alice viennent dormir à la maison. Au début, il y a eu des filles mais Alice n'aime pas jouer au défilé de mannequins, ni se mettre des paillettes dans les cheveux, ni se moquer des garçons tout en ne parlant que d'eux, explique-t-elle, alors elles ne sont pas revenues. À la piscine où vont les classes de CM1, elle n'enfile pas le haut de son maillot de bain que j'avais pourtant mis dans son sac. C'est la honte, pensent les filles ; les garçons trouvent ça bizarre, sacrément osé, une fille sans soutien-gorge. La maîtresse calme le jeu et me téléphone le soir même : pour la prochaine séance, la solution serait qu'Alice porte un une-pièce. « Oui, oui, bien sûr », dis-je, et l'angoisse revient, elle cavale dans ma poitrine. Alice, elle, ne comprend pas du tout le problème – « Mamounette, regarde, fait-elle en bombant le torse, je suis comme les garçons, j'ai les mêmes petits ronds de seins, exactement. » Elle a raison mais je voudrais qu'elle ne le sache pas, qu'elle suive les règles. En tout cas, grâce à Christian, elle nage très bien, elle dégomme tout le monde à la course de crawl, même les grands du CM2, m'explique-t-elle fièrement. Les filles se retirent, donc, mais les garçons affluent bientôt : ceux qui veulent jouer à la Game Boy interdite chez eux, ceux qui aiment le foot, ceux qui sont amoureux d'Alice – les trois ensemble, souvent. Quand elle est seule, elle construit des châteaux forts en Kapla et lance des guerriers Playmobil contre les murailles en criant : « À l'assaut ! » De ma chambre, où je travaille, je l'entends raconter des histoires de bateaux, de soldats, elle joue tous les personnages, prend des voix différentes, plus ou moins bourrues. « Lancez l'attaque », dit-elle. « À vos ordres, mon colonel », répond-elle. Quand elle est fatiguée du théâtre, elle m'appelle pour jouer aux billes. Je ne me fais pas prier, j'accours, je rattrape un très vieux désir frustré, quand je regardais jouer les garçons dans la cour des garçons. Sa collection est merveilleuse et nous faisons rouler et ricocher dans l'appartement, entre les pieds des meubles, des boulets, des boulards, des calots, des agates. « Tu vois, m'explique-t-elle, celle-là c'est un œil-de-chat, je l'ai gagnée hier, Paul Beuchet n'était pas content, il m'a dit "les billes c'est pas pour les filles", je vois pas pourquoi, d'ailleurs, *billes, filles,* c'est presque pareil. De toute façon, Paul c'est une vache-qui-rit. Oh, et regarde celle-là, le dragon. Elle est belle ! » Il y a aussi la pépite, le hibou, le dalmatien, l'araignée. Elle les fait tourner comme des bijoux dans ses mains si jolies puis les envoie gicler d'un coup dans toutes les directions. Le soir, je lui lis *Harry Potter* à voix haute. Ou bien je lui raconte l'histoire d'*Alice,* qu'elle accepte à cause du prénom, et aussi parce que cette Alice-là n'a peur de rien, elle suit sans hésiter le Lapin blanc. À la bibliothèque, elle prend des *Lucky Luke*. Un jour, ma mère lui a apporté de Rouen les *Bécassine* de mon enfance. Alice a tourné quelques pages d'un air poli, s'est penchée sur le dessin et s'est écriée : « Mais mamy, maman… Bécassine, elle n'a pas de bouche !!! » On s'est approchées, ma mère et moi, et c'est vrai, Bécassine n'a pas de bouche, même pas un trait sous le nez. On n'avait pas remarqué. « C'est pour ça qu'elle est bécassine, conclut Alice : elle est muette. » Et elle balance les albums sous son lit.

Le meilleur ami d'Alice s'appelle Antoine, il a un grand frère et deux chats. Il vient souvent dormir à la maison le week-end, ses parents passent le récupérer le dimanche soir. Son père est professeur, sa mère, Nathalie, est avocate, spécialiste du droit des femmes. Le viol est son univers quotidien, et elle raconte des choses terribles sur les crimes conjugaux, elle dit que les femmes reviennent toujours vers ce qui les tue, qu'elles ne s'autorisent pas à vivre. Je hoche la tête (mais peut-être ce qui les tue est-il leur seule façon de vivre). « C'est pour ça, ajoute-t-elle, on est tellement contents qu'Antoine s'entende bien avec Alice. Les garçons entre eux sont déjà des petits mecs, tu sais, ils sont là avec leurs épées, leurs pistolets et leurs jeux vidéo ultraviolents, c'est dingue. À huit ans, sur leur Game Boy ils ont déjà marqué des points en zigouillant un ennemi, à dix ans, ils regardent des sites porno, enfin c'est triste. Nous c'est bien simple, on lui a confisqué la Game Boy. Le respect s'apprend dès l'enfance, j'en suis persuadée, la douceur entre les sexes, l'écoute, la paix. Alors son amitié avec Alice nous ravit. Tu sais qu'il réclame sans cesse de venir chez toi ?! Il l'adore ! Nous... » C'est le moment que choisit Alice pour débouler de sa chambre dans le salon, suivie d'Antoine, bandana sur le front, torse nu, tatatatatata, tatatatatata, font-ils en nous canardant avec les mitraillettes en plastique que j'ai fini par leur acheter quand ils m'ont accompagnée faire les courses – ce sera toujours mieux que de passer la journée sur la Game Boy, ai-je pensé, cédant aux supplications d'Alice, au moins ils feront de l'exercice. Je mens aux parents d'Antoine empalés sur leur surprise : « Désolée, c'est mon père qui... son grand-père..., à Noël... Il faut l'excuser, j'ajoute en battant des bras pour obtenir un cessez-le-feu, mon père a toujours rêvé d'avoir un garçon. »

Et maintenant c'est fait, me dis-je, son rêve s'est réalisé. Toi, tu n'auras plus jamais d'enfant.

Quelquefois je n'en peux plus, l'angoisse est trop forte, alors j'oblige Alice à mettre les robes que ma mère lui offre. Il y en a une surtout que j'aurais adoré porter, petite : jaune pâle avec un volant et un liseré de fleurs au col, adorable. Alice refuse, fronce le nez, puis l'enfile en rechignant. « Tu prends la photo et pis je l'enlève », dit-elle. Brusquement, elle tourne sur elle-même d'un mouvement très gracieux des bras et des hanches, le volant flotte avec ses longs cheveux défaits, c'est une telle merveille d'élégance et de puissance mêlées que je reste interdite. « Bon maman, tu la prends, ta photo ? » Je me dépêche, le temps est compté. « Tu sais que tu pourrais faire de la danse, ma chérie, tu es très douée, ça crève les yeux. J'en ai fait, moi. J'adorais ça. Tu n'as pas envie ? » Elle gonfle les joues sans répondre, elle a déjà retiré la robe. « On joue aux billes, mamounette ? — Ok, j'arrive. »

Vont rester, dans un vieil album, les images de défilés de mode concédées par amour, où passent des robes pour rien que je regarde quelquefois.

Un jour, dans le RER, nous attendons tranquillement que le train reparte de la station Saint-Michel. Un punk passe sur le quai, tenant en laisse un chien muselé aux yeux méchants. « Oh maman, s'écrie Alice, regarde, qu'est-ce qu'il a le chien ? Il est tout rouge ! » J'espérais qu'elle ne le verrait pas, mais c'est raté : le pitbull bande furieusement, son sexe trapu et violacé semble résister à la laisse qui le tire sans ménagement. Désemparée, je jette un œil vers l'homme assis en face de nous, dont j'espère un regard solidaire de parent gêné ou un sourire amusé. Mais le regard que je croise – non, je ne le croise pas car c'est Alice qu'il fixe –, ce regard traduit le pire désir humain que j'aie vu de toute ma vie (ou bien une fois ?). Je suis sans force – est-ce réel, est-ce un souvenir gelé qui me liquide ? Dans ce visage brutal et vieux, les yeux ignobles attachés sur ma fille suintent le vice à vif, l'indifférence à toute humanité, l'injure à l'enfance. Ils expriment la cruauté, la domination, la lubricité bestiale du rut, la malfaisance pure. Je suis comme au cinéma, je n'y crois pas tout à fait, avalée par l'écran où un visage incarne le mal – mais où un homme va-t-il chercher une expression pareille, dans quelle région de lui-même ? Je réussis à prendre la main d'Alice, je la tire vers moi. « Viens, on descend à la prochaine. » Elle frôle le genou de l'homme en passant, et le sourire gentil qu'elle lui offre me détruit.

À la maison, je ne sais pas comment lui parler. Je lui dis qu'il faut faire attention à tout le monde, surtout dans la rue… Elle me coupe : « Faire attention aux papys et mamys ? — Oui, bien sûr. Mais aussi aux hommes, aux garçons. *Faire attention* au sens de *s'en méfier*. Parfois, ils veulent du mal aux filles. — Je sais. Ils veulent attraper les filles. » Elle ne dit pas « nous attraper » – je note douloureusement qu'elle ne se compte pas parmi les filles. « Voilà. Et toi, tu n'as aucune raison de te laisser attraper. Ton corps t'appartient, ne laisse personne le toucher sans raison. Tu as bien compris ? — Oui », dit Alice. Et elle répète d'un air pensif : « Mon corps m'appartient. — Tu dois être vigilante tout le temps. Toujours savoir qui est autour de toi, derrière toi, savoir si quelqu'un te regarde, si quelqu'un te suit. Être en alerte, mais sans que ça se voie. — Comme les Sioux », dit-elle en s'aplatissant sur le tapis. Me voilà ensuite qui lui montre les exercices de défense que nous avait appris notre père, à Claude et à moi, autrefois. « Et si tu sens que quelqu'un de louche te suit, tu mets tes clefs entre tes doigts, en coup-de-poing américain, pouce à l'extérieur, comme ça, et s'il t'agresse, tu vises la figure, les yeux, tu n'hésites pas… » Elle tord la bouche, tout son visage se disloque.

Le dimanche suivant, je travaille à mon bureau, et j'entends Alice dire à Antoine : « Tu le prends aux épaules, le gars, et tu lui donnes un bon coup de genou dans le zizi, paf, et comme ça tu es débarrassé. Ton corps t'appartient. Tu as compris ? »

De temps en temps, nous allons à Rouen voir mes parents. Alice est toujours contente, elle aime ses grands-parents, surtout sa grand-mère. Le samedi, nous dormons chez elle, le dimanche chez papy où elle rencontre Adam, son oncle, donc, s'amuse Elsa. « Tu n'as qu'à l'appeler petit oncle, comme dans les pièces de Tchékhov », dis-je à Alice pour rire, la première fois. Mais en moi-même, je hais ce mot, « oncle », secrètement je le jette. Je garde le mot « frère » pour moi, comme le mot « fils ».

Bientôt Adam marche et babille. Mon père – son père, notre père ! –, allongé sur le tapis (il aura du mal à se relever), joue au Circuit 24 avec lui qui s'amuse surtout du bruit des bolides télécommandés. Alice se bouche les oreilles – je note avec plaisir qu'elle n'aime pas les voitures –, en revanche, elle adore le petit – je note avec joie qu'elle aime les bébés. J'aurais peut-être dû insister pour les poupées, quand elle était plus petite, me dis-je. Pendant le déjeuner, mon père allume la radio. Lucien Jeunesse est mort mais Le Jeu des 1 000 francs existe toujours, c'est fou. Aux informations, une dispute éclate entre deux invités à propos du viol dont a été victime une journaliste place Tahrir, au Caire. L'un d'eux s'indigne de ce qu'on stigmatise les pays arabes alors que chez nous la situation est loin d'être brillante. « Savez-vous qu'en France une femme est violée toutes les six minutes ? » s'écrie-t-il. « Oh ! la pauvre ! » dit mon père. Nous rions. « Il ne changera jamais », plaide Elsa en le couvant d'un œil tendre.

Alice a douze ans maintenant. Elle est entrée au collège. Elle y retrouve presque tous ses copains d'école mais la configuration a changé. La cour appartient aux garçons et ils sont beaucoup plus nombreux qu'en primaire à s'y ruer pour jouer au foot à chaque récréation, si bien qu'Alice n'arrive plus à trouver sa place. Ils savent tous qu'elle est forte mais ils la laissent sur la touche, « désolé ». Elle entre parfois dans le jeu une minute avant la sonnerie, c'est nul. Quand les parents d'Antoine déménagent, le coup est d'autant plus rude. Contrainte et forcée, elle se lie alors avec quelques filles qui font du roller ; à la sortie elles arpentent le boulevard du collège en battant des bras.

Quelques jours avant de partir à Tokyo où son

père vit toujours, Alice décide de se faire une frange pour ressembler à Xena la guerrière, son héroïne télévisée, celle qui combat les monstres, les dieux et la mort. Elle a hésité entre elle et Sydney Fox, l'archéologue que Nigel, son sage assistant, admire, m'expliquera-t-elle, mais bien que Sydney s'y connaisse en arts martiaux, c'est quand même Xena la plus forte. Tôt le matin, elle prend les ciseaux de cuisine et, sans même se regarder dans une glace, taille ses cheveux en tous sens, de mémoire. Elle déboule ensuite dans ma chambre, un peu inquiète de ma réaction mais pas du résultat. « C'est épouvantable », dis-je, épouvantée. Elle roule des billes de clown en faisant le culbuto, mais je ne suis pas contente, pas contente du tout. « Tu ne ressembles à rien », dis-je. Elle a l'air de prendre ça pour un compliment.

« Il faut les couper court, c'est la seule solution », diagnostique le coiffeur. Alice sourit de toutes ses dents. « C'est affreux, dis-je. Une coupe courte, à douze ans et demi ! Elle aura l'air d'un garçon ! » Les yeux d'Alice pétillent. « Pas forcément. Je suis visagiste, annonce le coiffeur, je vais créer quelque chose de joli. Regardez, ajoute-t-il en faisant pivoter le fauteuil d'Alice face à moi. Tout est une question d'équilibre. Dans un visage, il y a du masculin – ici et ici, dans le cas d'Alice, dit-il en montrant son menton et son nez – et il y a du féminin : les yeux, la bouche. On choisit ce qu'on veut mettre en valeur, c'est tout. » Je le regarde. Lui-même a manifestement choisi le côté fille. Quant à Alice, elle refait aussitôt pivoter son siège face au miroir et, menton en avant, imite Kirk Douglas avec un talent certain.

Aux premières mèches qui tombent, je me lève. « Je vais faire un tour », dis-je. Je marche d'un pas mal assuré dans la rue. Mon portable sonne, c'est ma mère. « Je pense fort à toi en ce jour anniversaire, chevrote son message. Tu es ma fille chérie. Je t'embrasse, je t'aime. » Je suis arrêtée au milieu du trottoir. C'est aujourd'hui. J'avais oublié. Il n'y a plus que deux personnes sur terre qui se rappellent quand Tristan est né, quand Tristan est mort. Deux personnes dans le monde entier. Trois peut-être, mais Christian n'a plus pour moi cette attention. Ma mère non plus, d'habitude. Mais aujourd'hui, oui. Sa douceur conjure un instant ma douleur. Une journée, c'est comme un visage : tout est une question d'équilibre. Mais c'est aussi aujourd'hui qu'Alice a décidé de se couper les cheveux, me dis-je. Elle aussi, d'une façon autre, elle aussi connaît la date.

« Tenez, me dit le coiffeur en me tendant une enveloppe, j'ai pensé que vous aimeriez les garder. » À travers l'ouverture, j'aperçois d'épaisses mèches claires retenues par un ruban. Je bégaie un remerciement. Quel amour, ce garçon, me dis-je. Alice est radieuse. Dans la rue, je traîne un peu en arrière, pour voir. Elle marche devant moi, la nuque dégagée, les épaules bien découplées, les bras ballants. Sa coupe la vieillit. Elle a l'air d'un jeune homme de quinze ans tombé de la lune.

Quelques jours plus tard, un samedi vers midi, je remonte avec le courrier à la main, j'entre dans l'appartement. Depuis le couloir, j'aperçois une silhouette assise de dos à la table de la cuisine, ébouriffée comme au saut du lit, elle porte ce genre de débardeur qu'on appelait un marcel à mon époque, elle est penchée au-dessus d'un bol de céréales, coudes écartés. La surprise me fait lâcher les enveloppes que je tiens à la main : qui est là ? me dis-je, le cœur battant, accroupie dans la pénombre. « Salut, m'man, fait Alice sans se retourner. — Bonjour, mon amour, dis-je. Tu as dormi très longtemps, dis-moi. »

De Tokyo, Christian m'envoie un mail plein de reproches. Alice vient d'avoir ses bidules pour la première fois et c'est lui qui a dû aller chercher des protections à la pharmacie. « Tu crois que je sais dire "serviette hygiénique" en japonais ? s'énerve-t-il. Tu aurais pu anticiper… » À ce sujet, il doit aborder un problème important. « Tu as complètement abandonné ton rôle de mère envers ta fille – *ta* fille, écrit-il –, c'est le degré zéro de la féminité. Elle ne fait pas attention à sa ligne, elle est trop musclée, elle s'habille n'importe comment. Et qu'est-ce que c'est que cette coupe de cheveux ? Tu le fais exprès ou quoi ? » Son message me rend furieuse, mais je suis d'accord : j'ai trop laissé faire, je suis nulle comme mère.

Alice revient, sa valise chargée de cadeaux : un kimono à fleurs, des barrettes à paillettes, Ma Première Palette de Maquillage dans un coffret de laque raffiné. « Tiens, maman, c'est pour toi, me dit-elle comme elle le faisait avec les bijoux de Kevin. — Non, Alice, ce sont les cadeaux de ton père. Tu devrais enfiler le kimono, mettre les barrettes et lui envoyer une photo, il serait content. » Elle prend les paquets à contrecœur et part dans sa chambre en soupirant. « La vie, c'est pas gaufrette », dit-elle.

À partir de ce jour, je ne la lâche plus. J'ai été trop désinvolte, à présent c'est la puberté, on change de tactique, il faut redresser la barre. Elle a été un garçon manqué, elle va devenir une fille réussie. C'est mon objectif.

Je lui achète des collants et des bottines à talons, je me rends compte, à la voir progresser en girafon, qu'elle n'a jamais marché qu'à plat, jamais porté que des baskets. Moi, à treize ans, j'avais déjà des petits talons à mes babies, même si je préférais les Clarks. Je donne à Emmaüs ses maillots de foot tout effilochés d'avoir été tellement portés. Je fais les magasins avec elle, je lui offre des jupes et des robes et me fâche si elle ne les porte pas au moins une fois par semaine. Elle rechigne – « Je veux pas avoir l'air d'une fraîcheur », maugrée-t-elle, mais à ma propre surprise, elle accepte. Encouragée, je lui achète une crème de jour, des barrettes à rubans, du déodorant, une eau de toilette

Anaïs Anaïs. Je lui dis sans arrêt qu'elle est belle, et c'est vrai. Quand elle va à une fête d'anniversaire, je lui suggère de mettre un peu de mascara, là, comme ça, discrètement, je lui montre comment regarder en l'air en passant la petite brosse. Maquillés, ses yeux sont juste sublimes, j'espère qu'elle s'en rend compte. Les parents d'Antoine ont déménagé à l'étranger, ce qui m'arrange bien. Les filles commencent à revenir à la maison, elles dessinent des cœurs sur leur agenda et se proclament BFF – Best Friend Forever. Je les entends avec satisfaction parler des garçons de leur classe en ricanant, se moquer d'un gros relou qui offre cinq euros pour avoir un bisou. En troisième, Alice demande à se faire percer les oreilles, ce que moi-même je n'ai jamais fait. Elle arbore de petites boucles en argent, sobres et chics. Pour ses quatorze ans, ses copines lui offrent du vernis à ongles rose, un bracelet tressé, des chouchous, « oh la belle meuf », s'écrient-elles. Elles regardent *Les Demoiselles de Rochefort* en chantant par cœur tous les airs. Je respire, et pour donner l'exemple, je fais moi-même plus attention à mes tenues, je ne traîne plus en pyjama le dimanche. Tout me porte à croire que mon entreprise de féminité fonctionne, même si l'enthousiasme de la prof de sport sur le bulletin scolaire d'Alice (20 / 20) refroidit quelque peu ma conviction : « D'exceptionnelles capacités en rugby. Bravo ! » L'atavisme du côté du grand-père, sans doute… « À mon époque, dis-je à Alice, les filles ne jouaient pas au rugby. C'est beaucoup trop violent. — Moi, j'adore », répond-elle. Je laisse filer – du moment qu'elle n'a pas les cuisses d'un demi de mêlée… Heureusement, elle se prend un coup sur le nez, ce qui freine ses ardeurs. Je suis ravie.

Un soir, nous regardons un film que j'ai loué au hasard au vidéoclub. Soudain, une scène sexuelle s'amorce. Je cherche fébrilement la télécommande, je ne la trouve pas, je mets mes mains sur les yeux d'Alice. « Mais arrête, maman, dit-elle d'un ton tranquille. Je suis au courant, tu sais… Là, elle va lui faire une pipe, et voilà. » Une pipe ! Je m'étouffe. Moi qui comptais lui donner un cours d'éducation sexuelle – j'attendais qu'elle ait quatorze ans ! Mais ses lumières sont déjà anciennes, d'après ce que je comprends : si le père d'Antoine n'aimait pas les armes à feu, il ne dédaignait pas les sites porno sur l'ordinateur familial. Je m'inquiète : « Tu en as vu beaucoup ? — Non, me dit-elle. J'ai trouvé ça tellement *dégoûtant.* — Mais ce n'est pas la vraie vie », me récrié-je, inquiète. Et je lui vante les merveilles de l'amour véritable, quand on s'aime vraiment, le sexe, enfin, l'union des corps est une fusion, une harmonie unique, un homme et une femme c'est comme si… Je me démène, je ne sais pas où je vais chercher les images romantiques que je lui dévide. « Bon, ça va, maman, me dit-elle, ne me raconte pas ta *life* non plus. »

Je reçois un message de Daniel via Messenger, il a fini par me retrouver sur Facebook – « Très jolie photo de profil », m'écrit-il. Il a bien compris que je ne souhaitais pas le revoir, poursuit-il, mais il s'est souvenu de notre conversation dans le train Rouen-Paris et il a une proposition à me faire. Je peux refuser, bien sûr (mais non, je ne peux pas). Voilà : l'association de psys avec laquelle il travaille au tribunal organise une journée d'étude internationale sur l'inceste et il a pensé que je pourrais y intervenir sous forme de témoignage, afin de permettre une autre approche, moins didactique, plus sensible. Il se doute que ce n'est pas simple pour moi, mais cela pourrait me faire du bien d'en parler. Peut-être. « C'est à Nice, tu peux aussi prendre ton maillot de bain », ajoute-t-il. Nager loin dans la mer m'apparaît alors comme un désir simple dont la réalisation est possible, et il y a de la douceur dans cette pensée.

Ma mère est d'accord pour venir s'occuper d'Alice en mon absence, du moment que ça n'empiète pas sur ses jours de chorale – elle s'est découvert une belle voix de contralto et prépare une tournée dans toute la France avec son groupe. « Qu'est-ce que tu vas faire à Nice ? demande-t-elle au téléphone. C'est pour ton travail ? — Pas vraiment, dis-je. Je vais à un colloque sur l'inceste. — Sur l'inceste ? Tu vas traduire ? — Non, maman. J'y vais comme participante. » Le vide se meuble d'une imperceptible friture. « Mais quel rapport avec toi ? » finit-elle par dire.

« Merci beaucoup pour votre intervention, c'était très intéressant. Vous nous avez confié que vous faisiez encore des cauchemars qui grouillent de cafards, de fourmis et d'araignées, intervient un psychanalyste à la fin du colloque. Avez-vous déjà remarqué qu'insecte était l'anagramme d'inceste ? » Encore un jeu de mots tiré par les cheveux, comme toujours avec les psys, me dis-je tandis qu'il développe avec assurance, enfin je ne vois pas bien où ça mène, mais il m'a trouvée intéressante, alors je souris. Daniel avait raison, du reste, ça m'a fait du bien de parler. J'aurais dû le faire plus tôt – consulter, « voir quelqu'un », comme on dit. Mais à quoi ça m'aurait avancée ? Aujourd'hui, Daniel a mené l'entretien, il m'a aidée. Mais je m'imagine mal déballer mes histoires devant un inconnu. On lave le linge sale en famille. Daniel est dans le public, il me sourit. On finira peut-être par faire l'amour, me dis-je.

Alice se laisse repousser les cheveux. Elle en a assez d'entretenir sa coupe chez le coiffeur, elle déteste y aller. Mais elle déteste aussi, quand elle est en pantalon, qu'on l'appelle « jeune homme » dans les magasins – et moi qu'on nous dise « bonjour messieurs-dames » quand je l'accompagne. Elle surveille la lente repousse de ses cheveux, s'agace des mèches de taille irrégulière qui lui font une tête impossible, repositionne ses barrettes devant la glace. « Tu vois, remarque ma mère, je t'avais bien dit que ça lui passerait, son côté garçon. Ta sœur était pareille, dans le temps… »

Mon triomphe est modeste et absolu. Je suis si rassurée que je ne fais plus aucun commentaire quand elle joue au bras de fer avec les garçons, ramène un 20 / 20 en lancer du poids ou dit « balek » toutes les trois phrases – au début, j'ai cru que ça voulait dire « du balai », finalement c'est l'abréviation de « je m'en bats les couilles » mais bon, c'est amusant dans la bouche d'une fille, me dis-je – pas très raffiné, mais amusant. « En même temps, ajoute ma mère, c'est maintenant que les ennuis commencent. Les filles, après la puberté, c'est toujours plus compliqué que les garçons… » Je commence en effet à comprendre les craintes qu'avait mon père autrefois. « Tu veux que je t'emmène chez ma gynécologue ? » dis-je. Alice secoue la tête, elle ira quand elle voudra, elle sait ce qu'il faut faire, c'est pas une « boloss ».

Elle a un petit ami, pourtant ; ravie, je les ai surpris une fois, qui s'embrassaient sous le porche de l'immeuble. Alice ne répond pas à mes questions de daronne, à peine daigne-t-elle m'apprendre qu'il est tunisien et qu'elle l'a rencontré à l'école de tennis. Quelques semaines plus tard, elle le largue. Il n'arrêtait pas de lui demander ce qu'elle faisait quand il n'était pas avec elle, ça l'a saoulée, dit-elle. Et puis il ne supportait pas qu'elle l'aplatisse au tennis. « Les gros machos, balek », conclut-elle.

Pour ses quinze ans, elle organise une grande

fête à la maison, je suis priée d'aller au cinéma de minuit. « Pas d'alcool, dis-je. — Bien sûr », assure-t-elle. Elle m'emprunte ma robe blanc et rose, met des sandales à talons. Elle a des jambes de gazelle, je suis fière de sa beauté, moi-même quand j'avais son âge je n'ai pas assez mis mes jambes en valeur, je n'en ai pas profité, j'aurais dû. Quand je rentre, j'entends la musique qui bat son plein par les fenêtres ouvertes, les voisins doivent être furieux. Dans le hall, un garçon torse nu déboule des escaliers en courant, manque me renverser et s'écrie joyeusement, l'haleine chargée de vodka, « salut, m'dame ». Il doit avoir dix-huit ou vingt ans, il est beau. C'est drôle, me dis-je, qu'il y ait une autre fête le même jour dans l'immeuble. Puis je comprends qu'il vient de chez moi et je n'ose plus rentrer, je reste sur le palier de l'étage du dessous, la timidité me paralyse, ou la honte, je ne sais pas, je me sens heureuse et malheureuse à la fois. « C'était Corentin, m'explique Alice. Il joue de la guitare dans un groupe. » Je me démaquille dans la salle de bains. « Ta fille a grandi », me dit le miroir.

En classe de première, Alice fait ses TPE sur les femmes et le féminisme. « Ce qui est terrible, tu sais, maman, c'est que les femmes ont peur tout le temps, partout, à toutes les époques. Évidemment, elles ont moins peur chez nous qu'en Inde ou je ne sais où, mais enfin, que ce soit conscient ou non, elles vivent dans la peur, la peur des hommes. » Je pose mon couteau à côté du petit tas d'épluchures, je m'essuie les mains. « C'est vrai, ma chérie. En même temps, les hommes aussi ont peur. Faut-il vraiment les opposer à nous ? Est-ce que... ? – Ça n'a rien à voir. La domination vient des hommes. Que certains aient peur, ok, on ne va pas pleurer pour eux. Tandis qu'une femme vit sans arrêt sous la menace, et très tôt dans sa vie. Sinon, pourquoi tu m'as appris à me défendre, quand j'étais petite ? Tu te souviens, pif paf ? » Elle mime le coup de genou. « C'est parce que tu avais peur pour moi. Parce que toutes les femmes ont peur, c'est tout. C'est tellement ordinaire, elles ont tellement intériorisé le danger que certaines n'en ont même pas conscience, et pourtant... Une femme menacée, c'est un pléonasme. — Admettons. Mais la peur de ne pas être à la hauteur, la peur de mal faire, de ne pas y arriver, la peur d'échouer, ça concerne bien les hommes aussi, non ? Vous, les filles d'aujourd'hui, vous êtes si... » Alice se lève brusquement, plonge les pommes de terre épluchées dans l'eau et me dit, son économe à la main, d'une voix qui tremble : « La différence, maman, entre hommes et femmes, tu vois, c'est que les hommes ont peur pour leur honneur, tandis que les femmes, c'est pour leur vie. Le ridicule ne tue pas, la violence, si. » Je me lève, je sais, je la prends dans mes bras, « câlin », dit-elle. Quand elle était petite, je la soulevais de terre comme rien, sa densité légère me comblait. Quelle puissance j'avais ! Maintenant, je ne peux plus, ni l'embarquer ses pieds sur les miens à grands pas de robot dans tout l'appartement. Son portable sonne, elle sort précipitamment de la cuisine en disant « allô » d'une voix séductrice. Je mets la table en chantonnant. Je trouve Alice trop radicale, intransigeante, mais notre discussion m'a rendue gaie, on discute entre filles, me dis-je.

« Maman, a demandé Alice en entrant dans ma chambre, je te dérange ? — Non, ma chérie, jamais », ai-je dit sans me retourner, les yeux fixés sur l'écran de mon ordinateur. Elle s'est postée derrière moi, m'a tapoté le haut du crâne. « Je voulais te prévenir : je sors ce soir. » Elle a laissé un blanc, j'ai effacé pour la troisième fois la traduction de la phrase sur laquelle je m'échinais depuis un quart d'heure. « Et il est possible que je ne rentre pas dormir à la maison de tout le week-end », a-t-elle ajouté.

Je me suis interrompue, j'ai fait pivoter mon fauteuil, j'ai levé les yeux vers elle, « comment ? », ai-je dit. Elle s'est assise sur mon lit. « Tu vas chez Isa ? » Isa est une amie du lycée dont les parents ont une maison à Étretat, Alice y est allée plusieurs fois. « Non, a-t-elle répondu, ce n'est pas Isa. C'est quelqu'un que tu ne connais pas. — Et tu m'annonces ça comme ça, au dernier moment », ai-je dit devant son petit sourire espiègle – mutin, plutôt, ai-je pensé, ce serait le mot juste, la meilleure traduction possible : un petit sourire mutin, malicieux mais un peu insolent aussi, avec un fond de rébellion enfoui sous une gaieté charmante. « Comment veux-tu que je te l'annonce ? » a-t-elle dit en s'étirant de tout son long sur mon lit, bras relâchés autour de sa tête, dans cette position d'abandon qu'ont les bébés endormis, et qu'elle n'a jamais perdue. « Je ne sais pas, justement. Tu es bien mystérieuse. J'en déduis qu'il se passe quelque chose. — Peut-être. » Elle avait maintenant les pieds au plafond et faisait la chandelle. « Alors ? » Elle a souri. « Attends, laisse-moi deviner, ai-je repris… Tu es amoureuse ? » Elle a agité les pieds et les mains comme des marionnettes heureuses. En même temps, mon esprit se connectait en accéléré avec les battements de mon cœur (ça y est, nous y voilà. Prend-elle la pilule ? Lui ai-je bien tout expliqué ? Est-elle vaccinée contre l'hépatite ? Les préservatifs que j'ai achetés l'an dernier sont-ils périmés ? Et le bac de français dans un mois…). Elle s'était redressée et me regardait avec le même sourire moqueur, sans rien répondre. « Tu es amoureuse et tu veux rester dormir chez lui, c'est ça ? » Elle a entrouvert les lèvres, une ombre est passée dans ses yeux, vol d'oiseau. « Bon, allez, raconte, ai-je dit en lui tendant la main, qu'elle a prise. Il s'appelle comment ? » Elle a lissé du doigt la veine de mon poignet, celle qui est très apparente depuis quelque temps, elle est restée ainsi tête baissée puis elle m'a regardée. « Maman, a-t-elle dit. — Oui, ai-je fait, je suis là. » Elle m'a souri – et quand elle sourit comme ça, elle irradie, je ne peux pas le dire autrement, c'est un soleil – « En fait… », elle s'est arrêtée, la voix suspendue, comme retenue à ses lèvres, puis elle m'a donné une petite tape sur le dos de la main et, tout éclairée de lumière, elle m'a dit : « C'est une fille. »

# ÉPILOGUE

Tu ne peux pas dire que tu es étonnée, même si tu l'es – tu l'es au sens fort, celui que tu as appris dans un cours de français classique, autrefois : tu es comme frappée par le tonnerre. Ce qui te sidère, c'est la façon dont les choses arrivent, cette espèce d'enchaînement dont tu te sens le maillon faible, peut-être même la charnière manquante. Mais tu n'emploies plus le mot « sidérée » depuis que tu l'as vu figurer dans le dossier médical de Tristan, *mort par sidération*. Cette image ne t'a jamais quittée, sa matérialité au pied de la lettre : l'étonnement d'un bébé dont le cœur s'arrête, la surprise de la mort au moment de vivre. Il y a des mots qui portent en eux la malédiction, tu es bien placée pour le savoir. Ton étonnement te coupe aussi la respiration, le temps est un rocher que tu hisses et qui dévale la pente. Tu cherches à comprendre mais tu ne sais pas quoi. Qu'y a-t-il à comprendre ? Tu es en terre étrangère, dans un pays dont tu ne parles pas la langue. Tu ne sais pas traduire, c'est trop loin de toi, de ce que tu connais. Peut-être est-ce ton orgueil qui te blesse : tu as été inefficace contre le cours des choses, la vie va et se déroule sans toi, tu n'as jamais rien décidé. Sur l'écran de ton ordinateur, des arabesques colorées t'hypnotisent, tu es hébétée. Un souvenir de ton enfance revient à ta mémoire, va savoir pourquoi. Dans la cour sur laquelle donnait la chambre que tu partageais avec ta sœur, il y avait des dizaines de cages à lapins – à Rouen ? Oui, en plein centre de Rouen. Vous les entendiez, tôt le matin, avant les pigeons, jouer des oreilles dans leurs enclos trop petits. Tu n'avais pas le droit d'y accéder pour leur donner à manger, la cour était fermée. Tu étais restée des années sans demander à quoi servaient ces lapins, sans doute craignais-tu d'apprendre qu'on en faisait du civet. Puis un jour, ils avaient tous disparu. Plus de cages, plus de bruit, rien. Alors tu avais posé la question et ton père t'avait répondu, il connaissait la réponse, bien sûr. Les lapins appartenaient au laboratoire d'analyses médicales situé au premier étage de l'immeuble et servaient de tests de grossesse. Pour savoir si une femme était enceinte, on injectait son urine dans le râble d'un lapin. Si c'était le cas, continuait ton père, l'hormone de grossesse contenue dans l'urine faisait grossir les ovaires du lapin – de la lapine, plutôt, mais on n'emploie pas trop le féminin, pour les lapins. Et comment savait-on si les ovaires du lapin avaient grossi ? En tuant le lapin, évidemment, nigaude. Toutes ces lapines éventrées t'avaient broyé le cœur, soudain, l'image rouge t'avait poursuivie au bord de l'asphyxie. Tu avais demandé à ta mère si c'était grâce à un lapin qu'elle avait su que tu allais naître, elle n'avait pas bien écouté ou pas bien compris la question, elle avait répondu distraitement « c'est toi mon lapin » et tu t'étais promis de ne jamais avoir d'enfant. Pourquoi ce souvenir maintenant ? Tu l'ignores. Tu fais diversion. Comme tu ne peux plus te concentrer, tu éteins ton ordinateur, tu as vaguement mal au cœur. Alice passe la tête par l'entrebâillement de la porte, prête à partir. « Maman ? — Oui ? — Moi aussi je t'aime. »

Il y aura le soir où elle reviendra en pleurs d'une manifestation en faveur du mariage pour tous et où tu ne sauras pas quoi faire. Un vieil homme lui aura craché dessus au passage en la traitant de salope, elle aura regardé interdite le jet de salive glisser sur son blouson – « Un homme qui pourrait être mon papy », dira-t-elle, et la douleur de ses seize ans sera si vive qu'elle fera monter tes larmes. Il y aura l'anniversaire des soixante-quinze ans de ton père, et dans le train pour Rouen tu diras à Alice, à qui tu auras demandé de mettre un peu de mascara pour l'occasion, « n'en parle pas, c'est mieux », puis devant son air triste, tu ajouteras précipitamment « il ne comprendrait pas » (mais toi, est-ce que tu comprends ?). Il y aura ce moment où ton père, après avoir fait souffler ses bougies par Adam, pestera contre les manifestants qui l'auront empêché la veille d'emmener son fils au foot – « Ils nous font chier, les homos », conclura-t-il. Tu regarderas Alice, tu sentiras son hésitation mais elle ne dira rien et tu en seras infiniment soulagée, tu préférerais que personne ne le sache, qu'elle ne le dise à personne. Rien n'existe vraiment tant qu'on ne l'a pas exprimé, tu en as l'expérience, avec sa part de mutilation peut-être, mais d'oubli salvateur aussi, penseras-tu. Quant à ta mère, en feuilletant *Paris Match* chez le coiffeur, elle reconnaîtra sa petite-fille sous la pancarte « Moi aussi je veux divorcer » et là tu ne pourras pas nier, d'abord parce que c'est ta mère qui lui a tricoté le bonnet rouge qu'elle portera sur la photo, ensuite parce qu'elle t'aura emprunté du chatterton noir pour composer sa pancarte et que le slogan t'aura bien fait rire quand même, malgré ton angoisse. « Oh, ça va lui passer, prédira ta mère, ça lui passera avant que ça me reprenne. Moi aussi j'ai eu une petite histoire avec une fille, quand j'avais dix-sept ans. Mon amie Paulette, précisera-t-elle à ta grande stupéfaction. On ne sait pas trop bien ce qu'on veut, à cet âge-là, on essaie, on teste, et puis ça passe. »

Enfin il y aura ce jour – tu t'en voudras mais ce sera trop tard, tu ne pourras pas arrêter le cours de ta peur –, il y a ce jour où tu t'assieds en face d'Alice qui… Oui, je me rappelle. Arrête, laisse-moi finir. Pourquoi ne pourrait-on pas raconter sa naissance ?

Je m'assieds en face d'Alice qui pianote sur

son portable, au salon, je la regarde, ses longs cheveux blonds descendent jusqu'à sa taille, elle porte un tee-shirt avec l'inscription Petit Boutch'ou, elle vient d'avoir dix-sept ans, elle est belle. « Tu sais, Alice, parfois je me dis : c'est à cause de moi. » Elle ne lève pas la tête, elle répond négligemment « quoi, maman ? » en continuant à écrire. Je m'éclaircis la voix. « Oui, je me dis que je n'ai pas su m'y prendre, pas su te transmettre ce qui doit être, enfin, le rôle d'une mère envers sa fille, je crois, lui apprendre à, la guider, enfin lui transmettre le goût de, du, de la féminité. » Elle lève les yeux à ce mot, la clarté sombre de son regard me transperce. « Maman. Pourquoi tu me dis ça ? — Non, mais ma chérie, c'est juste que quand je te vois si jolie sans maquillage, sans rien, je pense que tu pourrais être, enfin je me dis que j'ai sûrement raté quelque chose dans ton enfance, je ne sais pas, il y a un truc que je n'ai pas su faire, sûrement. Tout ça, c'est ma faute. » Elle se redresse, me regarde sans ciller, avec acuité, je vois mon reflet voûté dans le bleu de son iris. « Pourquoi ta faute ? Quelle faute, maman ? Quand tu dis que c'est ta faute, c'est que tu es coupable, c'est qu'il y a un délit, un crime. C'est quoi, la faute, là, maman ? — Mais tu sais bien... » Je n'ose plus la regarder, je bégaie, j'ai honte, mais quand je lève à nouveau le visage vers elle, ses yeux m'ont déjà pardonnée, je vois l'amour s'accomplir en direct et sans condition : ses yeux me pardonnent. « Je pense à

Tristan, par exemple. Je n'aurais jamais dû t'en parler. Tu as voulu le remplacer, tu ne t'es pas sentie assez aimée, tu… — Et donc c'est à cause de ça que je suis lesbienne, d'après toi ? C'est ça, la faute ? » Le mot « lesbienne » me coupe le souffle, en même temps les autres mots sont insupportables, gouine, goudou, homosexuelle même, j'ai du mal à l'entendre, à le prononcer, je dois bien me l'avouer, je ne m'y fais pas. « Maman, deux choses », reprend Alice (quand elle dit « maman », en revanche, la joie, la joie à chaque fois, irradiante). « D'abord, tu n'en sais rien. Je serais peut-être hétéro si Tristan n'était pas mort, mais peut-être pas. Je ne serais peut-être pas là, ou peut-être si. De toute façon, on en a déjà parlé : on ne choisit pas sa sexualité, on ne décide pas, tu comprends ? Pas la peine de dire : c'est pour ceci, c'est pour cela, à cause de, parce que, j'aurais dû, etc. C'est. Point. – Oui, bien sûr ma chérie, je voulais juste souligner qu'il y avait eu des circonstances qui, enfin que c'était dommage. » Alice se raidit. « Dommage ? Mais qu'est-ce qu'il y a, maman ? C'est quoi, le problème ? — Eh bien, parfois ça m'angoisse, je me demande… Tu crois que tu ne tomberas jamais amoureuse d'un garçon ? Que c'est impossible ? » Elle hausse les épaules, cette conversation commence à l'ennuyer. « Je ne sais pas. Peut-être. Rien n'est impossible. Il y a des garçons que je trouve beaux, mais… On tombe amoureux de quelqu'un – ou de quelqu'une –, on aime une personne, pas une chose, pas un sexe. Donc en théorie, je ne l'exclus pas mais... Et puis je suis avec Sophie, je te rappelle. Je suis très bien avec elle. On s'aime. »

Je devrais arrêter là, je devrais me taire mais c'est comme si je devais me purger d'une terreur ancienne et profonde, archaïque, enracinée, dévorante, comme un grouillement d'insectes, des mains tachées qui pullulent et m'agrippent, forcent le passage. « Mais alors, dis-je encore, et c'est presque une exclamation, tu ne feras jamais l'amour avec un garçon ? » Elle rit de son rire moqueur et je m'enhardis à son rire. « Même pas pour essayer ? Ce serait dommage, quand même. » Elle me regarde gentiment, avec un petit fond de raillerie, elle s'étire. « Et toi, tu as déjà fait l'amour avec une fille, maman ? Même pour *essayer* ? » Je fais non de la tête, les yeux au ciel, n'importe quoi, je ris pour dissiper ma gêne, et la sienne aussi, peut-être. « Alors tu vois. Pourquoi devrais-je *essayer* alors qu'on ne t'a jamais conseillé de le faire ? »

Que répondre ? En me penchant par-dessus la table basse pour attraper mes cigarettes, je fais tomber mon briquet. Je le ramasse. Du soleil entre d'un coup par la fenêtre, une éclaircie. Un ange passe, Tristan va s'asseoir au bout du canapé, sa présence nous enveloppe discrètement, sa sœur et moi, avant de disparaître avec la même douceur. Alice finit d'écrire son texto, puis elle me regarde à nouveau, elle réfléchit, elle songe. Son visage est d'une beauté translucide, on voit sa puissance intacte d'innocence, son incapacité foncière à nuire, à détruire, à haïr, son espièglerie.

« Tu sais, maman... », reprend-elle – elle articule, et il y a dans sa voix, c'est drôle, un soupçon de pédagogie –, « tu sais, une fille, c'est bien aussi. Et même... » – elle sourit comme à un souvenir –, « c'est merveilleux, une fille ».

Parfois, il suffit d'une phrase pour faire tomber des monuments. Donjon d'effroi, remparts de honte, la tour s'écroule dont on était à la fois la prisonnière et la geôlière, et d'un seul coup c'est plein soleil, c'en est fini des meurtrières. L'air âpre emplit les poumons, ça râpe et ça répare, et bien que la lumière soit vive, on n'est pas aveugle. Il suffit d'une phrase, à peine une phrase, un mot, un adjectif laissé en blanc dans la phrase incomplète, un petit quelque chose qui lui manquait, qui lui a tant manqué et qu'elle vient remettre, elle, Alice, qu'elle vient poser doucement à sa place, l'air de rien, et soudain le monde s'ouvre, un sens nouveau éclot sous la langue, tu débarques et c'est le pays des merveilles. Alors, tu n'as qu'une chose à faire et je l'ai faite : il faut prendre la phrase et la recueillir, la sauver, répéter le mot de passe, le transmettre et ne jamais l'oublier.

« Tu as raison, ma chérie, ai-je dit, c'est merveilleux, une fille. »

## NOTES

P. 178 : La phrase « Jamais un coup de dés n'abolira le hasard » fait référence au titre de Stéphane Mallarmé, « *Un coup de dés jamais n'abolira le hasard* ».

P. 181 : La citation est extraite des « Intermittences du cœur » dans *à la recherche du temps perdu* de Marcel Proust.

P. 205 à 209 : Ces pages, légèrement remaniées, ont déjà paru dans *Les lucioles*, ouvrage collectif publié au bénéfice des jeunes de l'association LGBT « Le Refuge » (Lulu Books, 2014).

## DE LA MÊME AUTRICE

*Aux Éditions Gallimard*

INDEX, 1991 (Folio n° 3741). Édition augmentée en 2014.

ROMANCE, 1992 (Folio n° 3537).

LES TRAVAUX D'HERCULE, 1994 (Folio n° 3390).

L'AVENIR, 1998 (Folio n° 3445).

QUELQUES-UNS, 1999.

DANS CES BRAS-LÀ, 2000. Prix Femina et prix Renaudot des lycéens, 2000 (Folio n° 3740).

L'AMOUR, ROMAN, 2003 (Folio n° 4075).

LE GRAIN DES MOTS, 2003.

NI TOI NI MOI, 2006 (Folio n° 4684).

TISSÉ PAR MILLE, 2008.

ROMANCE NERVEUSE, 2010 (Folio n° 5308).

ENCORE ET JAMAIS, 2013.

CELLE QUE VOUS CROYEZ, 2016 (Folio n° 6314).

FILLE, 2020 (Folio n° 7082). Meilleur livre de l'année par le magazine *Lire.*

*Dans la collection Folio essais*

AMOUR TOUJOURS ?. Ouvrage collectif, n° 583, 2013.

*Aux Éditions Stock*

PHILIPPE, 1995 (Folio n° 4713).

LA PETITE DANSEUSE DE QUATORZE ANS, 2017 (Folio n° 6570). Prix de l'Académie française – Ève Delacroix 2018.

*Aux Éditions Léo Scheer*

CET ABSENT-LÀ. Figures de Rémi Vinet, 2004 (Folio n° 4376).

*Chez d'autres éditeurs*

LES CINQ DOIGTS DE LA MAIN. Ouvrage collectif, *Actes Sud*, coll. Heyoka Jeunesse, 2006.

LES FIANCÉES DU DIABLE. Enquête sur les femmes terrifiantes, *Éditions du Toucan*, 2011.

EURYDICE OU L'HOMME DE DOS *in* GUERRES ET PAIX. Huit pièces courtes. Recueil collectif, *L'Avant-scène théâtre / Quatre-vents*, 2012.

L'UNE & L'AUTRE. Ouvrage collectif, *Éditions de l'Iconoclaste*, 2015.

SUR LE DIVAN. Ouvrage collectif, *Éditions Stilus*, 2017.

LE COURAGE. Six pièces courtes. Ouvrage collectif, *L'Avant-scène théâtre / Quatre-vents*, 2017.

*Tous les papiers utilisés pour les ouvrages des collections Folio sont certifiés et proviennent de forêts gérées durablement.*

*Composition Nord Compo*
*Impression Novoprint*
*à Barcelone, le 11 avril 2022*
*Dépôt légal : avril 2022*

ISBN 978-2-07-297602-5 / Imprimé en Espagne

**432572**